共和国故事

方兴未艾

——中国兴起炒股热潮

王治国　编写

吉林出版集团股份有限公司

图书在版编目（CIP）数据

方兴未艾：中国兴起炒股热潮/王治国编. —

长春：吉林出版集团股份有限公司，2009.12

（共和国故事）

ISBN 978-7-5463-1810-3

Ⅰ.①方⋯ Ⅱ.①王⋯ Ⅲ.①纪实文学 – 中国 – 当代 Ⅳ.①I25

中国版本图书馆 CIP 数据核字（2009）第 236706 号

方兴未艾——中国兴起炒股热潮

FANGXING WEIAI　　ZHONGGUO XINGQI CHAOGU RECHAO

编写　王治国

责任编辑　祖航　李娇　关锡汉

出版发行　吉林出版集团股份有限公司

印刷　三河市嵩川印刷有限公司

版次　2010 年 1 月第 1 版　　　　2022 年 1 月第 9 次印刷

开本　710mm×1000mm　1/16　　　印张　8　字数　69 千

书号　ISBN 978-7-5463-1810-3　　　定价　29.80 元

社址　吉林省长春市福祉大路 5788 号

电话　0431 – 81629968

电子邮箱　tuzi8818@126.com

前　言

　　自 1949 年 10 月 1 日中华人民共和国成立至今,新中国已走过了 60 年的风雨历程。历史是一面镜子,我们可以从多视角、多侧面对其进行解读。然而有一点是可以肯定的,那就是,半个多世纪以来,在中国共产党的领导下,中国的政治、经济、军事、外交、文化、教育、科技、社会、民生等领域,都发生了深刻的变化,中国人民站起来了,中华民族已屹立于世界民族之林。

　　60 年是短暂的,但这 60 年带给中国的却是极不平凡的。60 年的神州大地经历了沧桑巨变。从开国大典到 60 年国庆盛典,从经济战线上的三大战役到经济总量居世界第三位,从对农业、手工业、资本主义工商业的三大改造到社会主义市场经济体制的基本确立,从宜将剩勇追穷寇到建立了强大的国防军,从废除一切不平等条约到独立自主的和平外交政策,从"双百"方针到体制改革后的文化事业欣欣向荣,从扫除文盲到实施科教兴国战略建设新型国家,从翻身解放到实现小康社会,凡此种种,中国人民在每个领域无不留下发展的足迹,写就不朽的诗篇。

　　60 年的时间在历史的长河中可谓沧海一粟。其间究竟发生了些什么,怎样发生的,过程怎样,结果如何,却非人人都清楚知道的。对此,亲身经历者或可鲜活如昨,但对后来者来说却可能只是一个概念,对某段历史的记忆影像或不存在,或是模糊的。基于此,为了让年轻人,特别是青少年永远铭记共和国这段不朽的历史,我们推出了这套《共和国故事》。

《共和国故事》虽为故事,但却与戏说无关,我们不过是想借助通俗、富于感染力的文字记录这段历史。在丛书的谋篇布局上,我们尽量选取各个时代具有代表性或深具普遍意义的若干事件加以叙述,使其能反映共和国发展的全景和脉络。为了使题目的设置不至于因大而空,我们着眼于每一重大历史事件的缘起、过程、结局、时间、地点、人物等,抓住点滴和些许小事,力求通透。

历史是复杂的,事态的发展因素也是多方面的。由于叙述者的视角、文化构成不同,对事件的认知或有不足,但这不会影响我们对整个历史事件的判断和思考,至于它能否清晰地表达出我们编辑这套书的本意,那只能交给读者去评判了。

这套丛书可谓是一部书写红色记忆的读物,它对于了解共和国的历史、中国共产党的英明领导和中国人民的伟大实践都是不可或缺的。同时,这套丛书又是一套普及性读物,既针对重点阅读人群,也适宜在全民中推广。相信它必将在我国开展的全民阅读活动中发挥大的作用,成为装备中小学图书馆、农家书屋、社区书屋、机关及企事业单位职工图书室、连队图书室等的重点选择对象。

编　者

2010 年 1 月

一、蹒跚起步

二、跌宕起伏

三、不断成长

一、 蹒跚起步

- 人民银行体改办的蔡仲直博士是从德国回来的，接受的是德国全能银行的思想，他还就监管问题和王波明进行了一些争论。

- 大家你一言我一语，畅所欲言，会议气氛十分活跃。

- 很多股民都是糊里糊涂地闯地股海，莫名其妙地发了大财，证券营业大厅飘荡着各种一夜暴富的故事。

中国政府助兴股市

1988年3月，王波明、高西庆、王巍等8人提出建立中国证券市场的设想，时任中国农村信托投资公司总经理、党委书记的王岐山等人也是参与者。

1988年7月8日，康华副总经理贾虹生让王波明去开一个关于中国金融市场的会。因为王波明刚从华尔街回国，贾虹生希望他能到康华工作，在此之前他们已经多有接触。

贾虹生让他参加的正是"金融体制改革和北京证券交易所筹备研讨会"。

会议在北京万寿宾馆召开，这个座谈会囊括了中国经济界最有实权的机构，像中央财经领导小组、国家计委、体改委、人民银行、财政部、外经贸部、国务院发展研究中心等。

此外，还有一些官办却又资本味道十足的公司。

座谈会由中国农村信托投资公司总经理王岐山和中创总经理张晓彬发起，人民银行计划司司长宫著铭主持。人民银行副行长刘鸿儒也参加了，他此时正主持金融体制改革。

这时，纽约股票交易所董事长约翰·凡尔霖访华，邓小平接见了他。

邓小平对他说：

你们有个纽约股票交易所，我们中国也可以试试嘛。

宫著铭拿着一份《人民日报》，在会上读了一下邓小平的这段话。

接下来，他说：现在有一份"设立北京证券交易所"的方案，大家来商议一下。

这份方案是由中国农村信托投资公司总经理王岐山和中创的张晓彬发起，其他几大信托投资公司参与起草的。张晓彬宣读了一下方案。

方案还是粗线条的，大致是说随着金融体制改革的深化，设立北京股票交易所的时机已经成熟。

接下来，大家就开始讨论了。

此时，中国人懂股票的还不太多，大家从马克思"如果没有股份制，就无法想象美国南北大铁路能建设起来"的论述寻找理论依据。此后很多年，大家依然还在苦于、忙于为在中国建立股票市场寻找理论依据。

最后，他们让王波明谈谈想法。因为他在留学时就编写过前面提到的设想。王波明就从专业角度谈了一下建立资本市场的必要性，又谈了建立资本市场的意义。

他说："因为资本市场是牵一发动全身的，一搞资本市场，企业制度改革、投融资体制改革、税收体制改革、

蹒跚起步

会计制度改革等相关改革都会被带动起来。"

王波明还介绍了一下证券监管体制。

人民银行体改办的蔡仲直博士是从德国回来的，接受的是德国全能银行的思想，他还就监管问题和王波明进行了一些争论。

最后，刘鸿儒总结说："资本市场一定要开始研究了，但是，此事非常重大，建设证券市场因为存在理论障碍而显得特别敏感，此事在国际上将引起密切关注。"

他还说，这个事人民银行也做不了主，需要上报中央。他建议王波明他们写一份更详尽的报告，上报中央，由中央决定。

于是，创建中国证券市场的序幕，就从万寿宾馆会议正式拉开了。

接下来就是撰写报告。在王岐山的建议下，王波明参与起草了建立证券市场的设想。全名是《中国证券市场创办与管理的设想》，后来被称为"白皮书"。

"白皮书"的主要内容包括：

　　关于筹建北京证券交易所的设想及可行性报告、关于证券管理法的基本设想和关于建立国家证券管理委员会的建议。

这份"白皮书"设计出了中国证券业结构的整体框架。由于当时没有明确的政策，人民银行也无法对这份报告的建议作出表态,更不可能批准在北京设立证券交易所,只能成为主管部门一个重要的政策参考。

他们的"白皮书"通过中创公司总经理张晓彬,转给了国务院研究中心副总干事吴明瑜,后来由吴明瑜提交到中央高层。

1988 年 11 月 9 日上午 9 时,在国务院第三会议室,中共中央政治局常委、国务院副总理兼中央财经领导小组副组长姚依林和中央顾问委员会常委兼中央财经领导小组秘书长张劲夫共同主持了汇报会。

参加会议的还有中央财经领导小组顾问周建南,国家经委主任吕东,体改委副主任安志文、高尚全,财政部副部长项怀诚,央行金融管理司司长金建栋等 30 多人。

汇报人是张晓彬、高西庆、王波明和周小川。会议一直进行到 12 时 10 分。

其间,各位领导分别就股票上市提出种种问题。

张劲夫开门见山地说:"总书记让依林同志和我听取有关证券交易所的研讨汇报,看看条件是否成熟,提交到中央财经领导小组议一议。股份有限公司股票上市要什么条件,应要国家管理机构审批,管理要严格。"

周建南首先询问了中小企业股票的上市情况。王波明紧接着介绍了美国中小企业的股票上市情况。

张劲夫听完他们的介绍,问道:"你们有没有研究过资本主义有哪些可以为我们所用?我国理论界有人提出社会主义不能搞期货交易,只能搞现货。"

周小川回答说："期货有稳定的作用，期货运用好可以促进市场。"项怀诚也说："期货可以分担风险，有利于稳定。"

……

最后，姚依林说："我对股份制一直是支持的。资本主义搞股份制是规范的，是商品经济发达的产物。我以前多次讲股份制问题，都让人给抹掉了。不管有什么困难，要奋斗，搞出来，是公有制的股份制。这样，经济的灵活性可以大大增加，这个问题我很赞成。"他表示，此事虽然现在看来不成熟，但看来又是不得不干。

大家你一言我一语，畅所欲言，会议气氛十分活跃。会上还决定，有关证券市场的研究和筹划工作归口到体改委。

姚依林还采纳了张劲夫的建议：先由基层自发研究，然后变为国家有组织地研究和筹划。这在后来被称为"民间推动，政府支持"。

这对王波明他们来说，就相当于拿到了尚方宝剑。

走出会场，王波明他们的心情十分激动，真没想到，这样重大、复杂的事，就这样确定了！

在中央领导同志的支持下，他们在留学时的设想得以迅速进入实施阶段。

由于股票交易所这个词太敏感，中央要求他们少说多做，低调筹备。这就需要一个机构来具体操作。

1989 年 1 月 15 日，中创的张晓彬和中农信的王岐山等人，在北京饭店召集一些大信托投资公司、产业公司的负责人开会，讨论中国证券市场的筹备工作。

会议最后确定，与会的 9 家公司，每家公司各出 50 万元人民币，组建一个民间机构，来推动证券市场的建立。

这家机构就是"北京证券交易所研究设计联合办公室"，简称"联办"，后来改名为"中国证券市场研究设计中心"。

本来，他们打算把股票交易所设在北京，跟中央也是这么汇报的。因为股票交易所最好设在金融中心。当时中国没有资本市场，只有银行，这些银行总部都在北京。但是后来，由于很多原因，选择了上海。

原因之一，就是当时上海市市长朱镕基筹划开发浦东，开发预算是几千亿，对于解放以来收入大部分上交中央的上海而言，这简直就是天文数字。

"联办"的宫著铭给朱镕基写信建议说：要想开发浦东，就要借全国的钱。当时，银行资金流动限得很死，要搞个股票交易所才行。

他用简单朴实的语言向朱镕基介绍了资本市场，引起了朱镕基的重视，并表示同意。问题是，要建股票交易所，上哪儿找懂行的人呢？

"联办"理事长经叔平告诉朱镕基："我们这儿有拨年轻人，就是搞证券交易所的。"

朱镕基很爽快地说："好啊，那把他们请来，我给他们解决户口问题。"

1990 年初，"联办"就投入到上海证券交易所的筹办中。建立股票交易所是一个系统工程，涉及法律、会计、投资人、交易场所的选择。好在即使在当时的背景下，也没有人给这个工程设限。

上海市政府决定，筹建上海股票交易所的三人小组成立，他们分别是上海交通银行董事长李祥瑞、上海人民银行行长龚浩成、上海体改办主任贺镐圣。而后三人小组给朱镕基的报告中，建议成立上海证券交易所筹备小组，上海人民银行的王定甫任组长，"联办"的章知方为副组长。在报告中，三人小组建议，由上海市牵头，请"联办"的同志协助，朱镕基还专门把协助两字划掉，改成了合作。

1990 年 12 月 1 日和 1990 年 12 月 19 日，深圳证券交易所和上海证券交易所分别举行开业典礼。

在帮助上海、深圳筹建交易所的空余时间里，"联办"又以美国 NASDAQ 计算机联网交易为蓝本，设计建立了证券交易自动报价系统。该系统于 1990 年 4 月 25 日向国家体改委提交报告，当年 11 月就实现了国内 6 个城市 18 家公司通信联网。

1990 年年底，以上海证券交易所、深圳证券交易所和北京"联办"申请的证券交易自动报价系统相继投入运营。

至此，以"两所一网"为标志，中国证券市场就此建立起来。

沪深股市同时起步

1990 年 11 月 26 日，经国务院授权、中国人民银行批准，上海证券交易所正式成立，并于同年 12 月 19 日在上海开张营业。

这是中华人民共和国成立以来在大陆开业的第一家证券交易所。

深圳证券交易所也于 1990 年 12 月 1 日进行试营业，1991 年 7 月 3 日正式开业。

20 世纪 80 年代，证券市场在试点过程中积累了丰富的经验。

90 年代初，经济、金融领域的治理整顿，为证券市场的良性发展创造了必要的环境。沪深股票交易柜台制度设计的缺陷，以及股票场外交易的广泛存在，要求尽快建立集中的股票交易市场。

上海证券交易所开业就采用了当时先进的电脑交易系统，使交易的指令传输、撮合成交、证券过户、清算交割、信息检索与储存高效运作。

上海证券交易所是白手起家的，而纽约等老牌交易所要玩电脑，先要废了传统的大呼小叫、手舞足蹈的习惯，比上海证券交易所累得多。

上海证券交易所开业当日，共有 30 种证券上市，其中国债 5 种、企业债券 8 种、金融债券 9 种、股票 8 种。

此时上市交易的股票只有 8 只，分别是飞乐音响、延中实业、爱使股份、真空电子、申华实业、飞乐股份、豫园商城、浙江凤凰，被称为"老八股"。

1991 年，深圳证券交易所开业时上市公司也只有 5 家。

两个交易所在开业之后，相互学习，如电脑交易方式本来是深圳证券交易所的发明，但是由于种种原因，却没能首先在深圳试用。

后来，上海股市借用了深圳股市的"无纸化"经验，而且取得了可喜的成功。深圳"产妇"的"婴儿"，居然出生在上海！

两个交易所还竞相斗艳，争夺证券市场。两家都把对方看成是竞争对手，如在得知上海交易所要成立的消息时，深圳交易所的王健就坐不住了。

他在核实之后，越想越觉得不对劲。他觉得此时深圳只有几家上市公司，如果上海先开业，两地加起来也不过 10 多家，就不需要深圳交易所成立了。

虽然客观原因是当时的上市公司比较少，但是这种竞争无疑对中国股市的发展起了重要的推动作用。

股市散户富起来

　　以上海和深圳两个证券交易所成立为标志，新中国证券市场正式开始形成。1990年，上交所总经理尉文渊36岁，深交所总经理王健40岁。

　　刚开业时，上交所只有"老八股"，深交所也只有5只股票：深发展、万科、原野、金田和安达。

　　在深圳发展银行的发展史上曾有这样一段故事。深圳发展银行成立之后，在全国首次以自由认购的方式向社会公众公开发行普通股股票。

　　当时股票发行工作困难，有"中英街上活雷锋""当代沙奶奶"美誉的深圳市民间慈善名人陈观玉听说后，认为这是一件支援国家建设的好事，主动取出两万元存款购买深发展股票。

　　两万元，这在当年可是很少见的大宗股票认购行为啊！

　　深圳发展银行蛇口支行老员工张正民还记得当时的情形，张正民提醒她，这跟以前的信用社入股不一样，是不保本的。

　　陈观玉答道："不保本就不保本。深圳特区好不容易建起了一家自己的银行，大家能帮一下就帮一下，也算是支援特区建设。"

张正民又说:"买了股票钱就不能取出来,到年底也不发利息。"

陈观玉还是一笑,说:"给国家出力,还要什么利息。"他们都没想到,仅仅几年后,这两万元的深发展股票会带给陈观玉带来超过百万元的收益。

一切都是从一张白纸上开始的。据王健后来回忆:

在1990年12月1日深交所试开业前,深圳的证券交易实际上已经到了一种近乎疯狂的地步,投资者争相入市,抢购股票,深发展股价从交易柜台上的16元炒到了黑市上的120元。

从1990年5月25日到6月27日的一个月中,深发展涨100%,万科涨380%,原野涨210%,金田涨140%,安达涨380%。

邓小平说:

证券、股市,这些东西究竟好不好,有没有危险,是不是资本主义的东西,社会主义能不能用?允许看,但要坚决地试。看对了,搞一两年对了,放开;错了,纠正,关了就是了。

1992年5月起,因为上交所放开股票交易价格,股票价格一路上扬。但青岛股民没有赶上建国后A股市场的第一波暴涨，因为1992年10月份，岛城第一家证券营业部才在新疆路8号开门纳客。

1993年春节过后，怀揣着家中的一万元现金，30多岁的老钟加入开户的人群中。

那是3月的一个早晨，青岛的街头春寒料峭，而新疆路8号门前则热火朝天。

距离营业部开门还有半个小时，但门前已经挤满了等待交易或准备开户的股民，每个人的脸上都洋溢着兴奋的表情。

大门一开，老钟就抢着往开户窗口跑，5分钟不到，窗口前就排起了长龙。

老钟后来回忆说：

> 那时候开户还要交一万元的保证金，排队开户的人一般都夹着包，包里都是成沓的现金，争先恐后地朝窗口里递。那股兴奋劲儿，不像是交钱，倒像是领钱一样。

当时沪深两市可供交易的股票只有几十只，因为供求严重失衡，1992年11月底，股票价格暴涨。

很多股民糊里糊涂地闯进股海，莫名其妙地发了大财，证券营业大厅里飘荡着各种一夜暴富的故事。

老钟记忆最深的一个故事是，一位在深交所门口卖饮料的老太太，跟着别人买了若干股"深发展"，很快变成了千万富翁。

"不可思议，但财富神话的示范效应太强了！"老钟回忆说。

不到半年时间，股票就成了包括退休大爷、大妈在内的岛城市民最热门的话题。

当时，居民家里没有电脑，炒股全在营业部操作。营业部红绿闪烁的行情显示屏前挤满了人，里面晃动着众多拎着马扎子的银发老人，还有不少"率先富起来"的个体户。

黑市交易卷起狂潮

股市狂飙，自然令有关人士十分忧虑。金融界、企业界的专家们面对深圳股市"过热"现象，纷纷写文章，发表谈话，接受记者采访，召开大大小小的座谈会。

1990 年 8 月 8 日下午，有关方面在深圳市迎宾馆举行了一次题为"深圳股市与深化企业改革"的座谈会。

出席座谈会的专家、企业家、市领导和体改委的研究人员，对股市的"过热"现象表示忧虑。不过多数人认为，深圳尚未出现少数人操纵股市的现象，他们的理由是，调查中还没有发现持股超过总股本 5% 以上的个人大股东。

同时，深圳市计划局财经处在纲要式的报告中，至少是半官方式地对 1990 年上半年深圳股市做了总结性判断。报告中写道：

> 深圳股市在经历约两年停滞之后，自 1990 年春开始走向操纵与投机交错的阶段。这个演进过程符合股票市场"停滞—高涨—成熟"这一阶段性发展的一般规律，由此看来是正常的，其股票热也是必然的。
>
> 但另一方面，深圳股市过早地跨进了操纵

与投机阶段，且热而不熟，皮焦肉生，国外股市发展一般均有较长的停滞时期，发展中国家更是如此。深圳股市热度在短期内过分脱离企业营运状况，且超前于整个经济的金融增值的进程。

这份报告可以说是对场内交易的肯定和对黑市的否定。然而场内只是零星交易，而真正的市场却在黑市，所谓的"过热"也是指黑市。

虽然深圳市政府把涨幅压低到每天不得超过1%，然而这根本改变不了"僧多粥少"的局面。谁不想一夜致富？人们在政府出台涨跌停板制度之后，只产生了片刻的惊慌，随即就适应了，股票就此以每天1%的速度上涨。

从1990年6月底到10月底，深发展从24元涨到62.32元，涨幅159.67%；万科从7.5元涨到17.19元，涨幅129.2%；金田从81元涨到215.3元，涨幅165.8%；安达从8元涨至20.89元，涨幅161.13%；原野从52元涨到143.4元，涨幅175.76%。

闻讯而入深圳的炒股者源源不断，那些在场内买不到股票的人，自然步入黑市，而手持股票者自然不愿意以场内价抛出，这就导致黑市的成交额数倍甚至数十倍于场内的成交额。

取缔黑市的真正办法就是大量股票上市，平衡供求矛盾。

1990 年 6 月中旬，面对全国一哄而上进行股份制改造所导致的混乱局面，国务院不得不在批转国家体改委《有关向社会公开发行股票的股份制改革不再铺新点》的文件中，明确批示：

> 向社会公开发行股票的股份制，主要是完善已有的试点，不再铺新点。

这样就决定了不可能大量发行股票，供求矛盾一时难以解决。

人们在传播这个文件的同时，清楚地预计到，上市公司股票的短缺性与垄断性只会与日俱增，第二波黑市狂潮无法避免。毫无疑问，扫荡过后，黑市在一段时间以后还会卷土重来。

深圳的专家们当然知道这个两难的境地，也知道火山喷发的可怕，但他们可做的只能是加紧拓展市场，增加交易点。

当时深圳的证券商迅速发展到 12 家，营业点扩展至 16 个，证券从业人员也达到了 400 多人，但供求失衡的情形仍令交易者不堪忍受。

6 月份扫荡黑市之后，购买股票的人必须凌晨 1 时到证券公司门前排队，等待编号，有了编号之后，再从下午 18 时起，排队到第二天早晨 9 时，排上 16 个小时，忍受 3 次点名查编号，才换来一张委托单。

这还只是有了买到股票的"可能性"，因为还得看有没有人在场内的涨停板抛出股票，真可谓"得股难，难于上青天"。

在买进股票如此困难的情况下，要真正不让黑市抬头几乎是不可能的。

政府扫荡黑市的攻势刚刚过去，面对场内每天 1% 的涨幅，股民们再也难以抑制激情，深圳的黑市交易很快又死灰复燃。

从 1990 年 11 月 2 日《深圳特区报》发表的一篇题为《堪忧的黑市股票交易》的文章中，可以清晰地看出，黑市以更迅猛的势头重新占据深圳的每个街头。

这种毫无规则的黑市交易，给社会带来了极大的安全隐患。

二、 跌宕起伏

- 他掏出股票向证券公司询问，当证实这一切是真的，他的心跳得都快蹦了出来，他急忙冲到街头的电话亭，向老婆通报喜讯。

- 随之而来的漫漫熊市也让许多投资人望而却步了。大家都没有想到，一场加快中国证券市场历史进程的暴风骤雨已经悄然形成了。

- 延中实业公司这才意识到事态的严重性，匆忙采取对策，秦国梁他们急忙找证券方面的法律法规进行学习。

猴年股市上蹿下跳

1992 年是猴年，可以说是新中国证券历史上最为重要、也是最有典型意义的一年，这一年的股市充满了风险与激情。

这一年的认购证一直为人们津津乐道，它创造了一级市场的暴富神话。

1992 年放开股价，延中从 100 元暴涨到 380 元，展示出二级市场的魅力。

这一年豫园股价突破上万元大关，直到 2000 年狂炒网络股时才重现这一盛况；但是同样也是在这一年，股指从 1400 点狂跌到 400 点，是一次实实在在的股市风险教育。

这一年，原野因造假被停牌 4 年，让股民品尝了来自上市公司欺诈的风险……所有股市里的问题在这一年全都碰上了。

正因为这些因素，这一年中国股民的队伍呈现出爆炸性增长，虽然上海证券交易所 1990 年就成立了，但更多的人是 1992 年这个猴年才知道股票的。从工人文化宫旁边人山人海的马路沙龙，到文化广场的股票超市，那年是中国股市的一次启蒙教育。

说起 1992 年，老姚依然有羽化登仙的感觉。正如认识他的人所说："老姚老摇，老在那儿摇，他的财富都是摇出来的。"

1992 年这个猴年，老姚单位效益不好，被外资兼并，像老姚这种年近 50 的职工，单位自然不会留用，给了两万元买断工龄的钱就把他打发了。

老姚怀揣着两万元钱和对余生的担忧去银行存款。"买一点认购证吧，这东西摇中股票，说不定能发个大财。"银行职工向他推荐股票认购证。

这时候股票还属于新生事物，老姚听都没听说过，他也不信能发大财，但是由于他对未来充满忧虑，这就使他产生了搏一下的心理，所以一咬牙花了 3000 元买下 100 张。

"那还不是把钱打水漂，摇号中签的概率，等于被鳄鱼咬住还能生还。"儿子小姚告诉他说。

老姚后悔不迭，急忙去银行退还。

"老先生，这可是好东西，政府原来只印了 100 万张，因为买的人多，又加印了 100 多万哩。"银行职工不让退，反而鼓励他持有。

当时老姚的心情格外沉重，200 多万张，中签的概率恐怕还真像从鳄鱼嘴里生还呢。

后来，儿子告诉他，外面股票认购证已经从每张 30 元炒到了 600 元时，老姚的眼睛瞪得比鳄鱼的还大。

老姚平生第一次意识到财富，他从箱子底层捧出封面烫金、封底上印有"股市有风险，入市需谨慎"字样

跌宕起伏

的认购证，仔细端详，轻轻抚摩。

在等待摇号的日子里，老姚每天把它们放在枕头底下才能安心入睡。

对许多老股民来说，那些摇号的日子早已淡忘，可老姚却记得清清楚楚，因为每次摇号的前一晚，他都无法入睡，都会兴奋得失眠。

3月2日，"1992年上海股票认购证"第一次摇号仪式在上海联谊大厦举行，认购上市的公司是众诚、异钢、浦东强生、嘉丰、轻机、联合、二纺机，中签率为10.3%。

6月5日第二次摇号，这次共向社会个人发行面值3.1亿元股票，中签率高达50%。

7月25日第三次摇号，中签率为11.6%。

8月10日第四次也是最后一次摇号，中签率又达10%。

当"1992年上海股票认购证"完成其历史使命时，中签率差不多达到了100%。

摇号、中签、认购、抛售，随后就是滚滚而来的钱。辛勤工作一辈子的老姚，加起来的收入，只是摇出来的一个零头。

当上海认购证第三次摇号时，一直不看好认购证的儿子小姚，也按捺不住狂喜，听说深圳也要发行新股摇号了，他主动向父亲请缨南下深圳。

老姚一听是摇号，马上放行，并祝福儿子也摇出一个"财富人生"。上海股票认购证的 4 次摇号产生了巨大的财富效应，当深圳发布将在 8 月 10 日与 11 日两天发售股票认购申请表消息后，全国各地的求购者大批拥向深圳，广州至深圳的火车票甚至早被抢购一空。

小姚到达广州后，不惜以高于原票 10 倍的价格，从"黄牛"手中弄到车票。

一踏入深圳，他发现到处都是涌动的人流。据估计，当时扑进深圳的认购者多达 150 万人。

1992 年 8 月 9 日，认购申请表发行前一天的 17 时，小姚挤在上百万认购者中间，杀向深圳 300 个认购表发售点，平均每个发售点的认购者高达 5000 人，如果一个发售点营业厅面积 1000 平方米的话，那么每个股民的空间只有 10 厘米。

时值盛夏，南方的气候闷热潮湿，扎在人堆里的小姚感到呼吸困难，汗水从头淌到脚，浑身湿热难耐。

8 月 10 日到 12 日，深圳繁华地段的商业和娱乐场所如临大敌，全部关闭，以防不测。

原定 10 日和 11 日两天发售的 500 万张认购申请表，在 10 日 16 时 30 分，已全部发放完毕。

小姚排队的发售点发放得更快，仅一个多小时就宣告发售完毕。和大批两手空空的认购者一样，小姚没能拿到申请表。

但他很快就发现，在人群中穿梭着一些"黄牛"，他们手持数以百计的申请表，以高出原价 10 倍、20 倍的价

跌宕起伏

格兜售起来。对"黄牛"手中真假不辨的申请表，小姚不敢买，他费了全身的力气才挤出人群透口气。

后来小姚听说申请表发售过程中，好像出现了作弊的行为，很多人去市政府讨说法了，小姚觉得没意思，就没跟着去。

提起做股票和 1992 年，老余也很开心。他一直珍藏着 1992 年的香港《信报》，这上面有一篇题为《世界上最贵的股票》的文章，报道了上海 1992 年 4 月的股市情况："至 4 月 24 日，14 种人民币普通股的市盈率平均达 170 余倍，其中最高的爱使电子市盈率达 501 倍，说它是世界上最贵的股票并不过分。从股价上看，上海豫园商场股恐怕是目前世界上价格最高的股票，目前每股高达 5020 多元。"

老余就拥有爱使的这些股票，而豫园是他老婆的股票。靠这两只股票，他们把自己和孩子的下半辈子都搞定了。

老余是一名中学教师，1992 年以前对"股票"一词还不理解。

他的妻子是豫园的职工，1988 年豫园成立股份公司时，妻子摊到 10 股内部职工股，根据当时面值，每股 100 元。妻子也没多想，当作是帮助单位解决困难，付了 1000 元，拿回来 10 张股票。

"我们家哪有闲钱买债券？"老余一看这种花花绿绿的纸片就来气。

"这不是债券，是股票。"

"还不是一样。"

两人你一言我一语，就吵了起来。

"就当我被人偷了 1000 块，好了吧!"最后妻子愤愤地拉开抽屉，把股票往里狠狠一扔，结束了这场争吵，当时老余还觉得自己挺有理。

渐渐地两口子忘了这事，后来老余的妻子调离了豫园商场，就更想不起抽屉里的那些股票了。

1992 年的春节，同事们到老余家来玩，有人就提到股票暴涨的事。

"老余，你听说过股票没有?"那人问。

"股票? 没有。"

"好像有这种债券，我们不是还买过嘛。"老余的妻子突然想起在老单位买过这种东西。

"什么债券呀。你手上有这玩意可发大财啦。"同事介绍道，"据人家统计，从上海证交所开业到上年 12 月 6 日，在拆细，即 50 元拆成 10 元，前 7 个月，股票的平均涨幅高达 138%，拆细后到现在，还不到 6 个月，又涨了 236%。也就是说，你在证交所成立那天买进股票，现在涨了近 400%，一万变 5 万。"

"有这种事?"虽然老余听不懂那些专业术语，但是"一万变 5 万"却让他瞪大了眼睛，他赶紧叫老婆把那 10 张票子找出来。

春节后的 2 月 28 日，老余怀揣着 10 张有些发黄带霉点的股票，第一次踏进证券公司。在他的眼前赫然显示豫园股票价位：3900元。

他掏出股票向证券公司询问，当证实这一切是真的，他的心跳得都快蹦了出来，他急忙冲到街头的电话亭，向老婆通报喜讯。

·张近4000，10张就是4万，那天晚上夫妻俩唠叨着这个数字久久不能入睡。他们商量着把存款都取出来，再去买这神奇的东西。

此时的股市僧多粥少，要买到股票很不容易，得起个大早到证券公司排队等编号，被编到号的人才有资格拿到委托单，委托的人能买到股票，等于中了头彩。因为当时的成交稀少，没人愿意抛出，而抛出的只是大户们为了抬价到涨停板的寥寥几手。有人统计，从上海证交所开业到1991年12月6日，共267个交易日，"老八股"平均60%的天数成交流量不足3‰，72%的天数不足5‰。

可困难没有吓倒老余这个勤奋而有恒心的人，他不管风吹雨打，天天早起，天天排队等编号，天天委托，功夫不负有心人，他终于买到了5手当时被人称为袖珍股的爱使。

"那个猴年是真正幸福的一年，天天看着自己的股票每天向涨停板飘然而去。"说起当时的感受，老余脸上依然会浮现出神往的表情。

的确，此时为了阻止股价过快上涨，股票盖着"盖子"。"盖子"就成了持股者的保护伞，涨停板助涨作用十分有效，久而久之，每天成交几股封杀涨停似乎成了天经地义的走势。

持股者每天算着账面赢利，体味着虚拟化的财富。

对这种意外之财，老余有时候不免产生一种心理上的理亏感，毕竟他从小受的是"劳动致富"型教育。

被股民称为"皇家股票"的豫园突破万元大关的那天，老余原来的1000元已暴涨成了30万，这着实让老余又大吃了一惊。

"天下没有不散的筵席，什么事情都会有个头。"妻子的一句话点醒"乐中人"，老余赶紧在万元关口把豫园都抛出去了。

1992年夏天，老余用从股市上赚来的30万，把中学毕业的儿子送到英国去留学。临行前老余再三嘱咐儿子："好好学，你能到英国留学，这是中国股市给咱的机会，学成后得回来报效中国股市。"

股市刮起收购风

1992 年至 1993 年中国证券市场进入了第一轮扩容高峰期，"老八股"的时代迅速成为历史，投资人买卖股票难的问题基本上得以解决。

然而，随之而来的漫漫熊市也让许多投资人望而却步了。大家都没有想到，一场加快中国证券市场历史进程的暴风骤雨已经悄然形成了。

那是 1993 年 9 月份，在大部分股票交易都极其清淡时，一向并不引人注目的延中实业股票成交量却在悄然放大，股价明显坚挺起来。

到 9 月下旬时，市场气氛开始活跃，人们风传南方某大机构在收购延中实业的股票。

延中方面认为股价的涨跌是一种正常的市场现象，上市公司没有必要为此分心，重要的是要搞好本公司的生产经营。

当有人问及，万一真有外来机构收购延中实业，公司方面是否有什么具体对策。

秦国梁很干脆地说："没有。"

他认为，如果真有这种事，上交所和证监会等有关部门应该保护上市公司。

9 月 30 日，中国宝安集团上海公司从幕后走向前台，发布公告称其和关联公司已持有延中实业公司发行在外的 5% 以上的股份。

让延中人做梦也没想到的是，股价不断上涨是因为深圳宝安偷偷在二级市场收集筹码。

稍后，宝安集团再度公告，其持股数已一跃增至近 19%，一举成为延中实业的第一大股东，拥有相对控股权。

由于收购的刺激，上海股市为之沸腾，延中实业股价直线飙升，最高冲至 42.20 元。飞乐音响、爱使股份、申华实业等无国家股、无法人股、无控股大股东的"三无概念股"也都搭车上涨。

延中实业公司这才意识到事态的严重性，匆忙采取对策，秦国梁他们急忙找证券方面的法律法规进行学习。

通过学习，秦国梁发现宝安违反了举牌制度，买延中超过 5% 的股票却没有及时公告，以后每增持 2% 也必须公告一次，但是宝安却置之不理，后来又增持了 16% 才公告。通过这种方式成为延中第一大股东，就是明显的违规。

延中一方面向上海证券交易所、证监会反映宝安违规的情况，另一方面立即召开新闻发布会，向媒体公布宝安收购延中过程中在信息披露方面存在着重大违规行为。延中还扬言，要和宝安在法庭上见。

但是，半年之后，在监管部门出面调解下，双方最后没有在法庭相见。

跌宕起伏

证监会对宝安违规处以罚款，但是认定宝安收购延中股票有效，双方这才达成合作协议。

这是二级市场收购事件中当时唯一实现管理权交接的上市公司，这个举动表明人们开始逐步接受控股权的观念了。

"宝延事件"是中国证券市场首例在二级市场大举收购上市公司的案例。尽管宝安集团在具体操作中确实存在违规行为，事后也受到了中国证监会的罚款处罚，但"宝延事件"的积极意义要远远大于其消极影响。

事后，许多上市公司的老总挤出时间认真学习《股票发行与交易管理暂行条例》中的第四章"上市公司的收购"。

这部刚刚于当年发布施行的法规，一开始并没有引起上市公司的足够重视，其中关于上市公司收购的条文更是被许多人视为"超前"而不予理会。直到这时，上市公司的老总才发现，这些条文事关公司的生死存亡。

此后又相继发生了"万申"、"天飞"和"国爱"等二级市场参股事件，但都是有始无终。

深圳万科公司因为持有申华实业5%的股份而有两人入选申华实业董事会，但实际上并不能真正达到参与管理的目的。

万科公司耗巨资只是买了两个董事职位，10个月之后万科公司将所持股票一抛了之，退出了申华实业的董事会。

同样，来自深圳的天极光电技术实业公司，在大举购入飞乐音响股票时，意外地遭遇到了飞乐音响的大股东飞乐股份公司的坚决抵抗，飞乐股份公司连续增持飞乐音响股票，捍卫自己的第一大股东的地位。

面对强有力的对手，天极公司只好知难而退，结果连一个董事也没有当上。

万科公司因为持股5%而入选申华实业的董事会，尽管没有起什么实际作用，但至少表明，其持有的股权受到了应有的尊重。

而飞乐股份公司以增持股份来回击对其控股地位的挑战，比起当初延中实业公司寻求行政保护的举动来，飞乐股份公司学会了市场总是通过市场手段来解决问题的道理，这是一种了不起的进步。

股权变革的道路是曲折的。1994年6月，辽宁国发集团宣布与辽宁东方证券公司、国泰证券有限公司沈阳分公司等共持有爱使股份总股本5.2%的股份。

辽宁国发大量购入爱使股份后，公司在业务经营上没有任何变化，但短暂进入的辽宁国发却在二级市场上赚了一大笔。

辽宁国发掌门人高岭兄弟是中国早期资本市场的大炒家之一，股票、期货、债券、资金拆借，哪里都有其身影。

辽宁国发集团及其5家关联公司在二级市场大举购入爱使股票时，他们却没能入主爱使股份公司。

　　尽管后来加入辽宁国发的同盟军增至 7 家，合计持股数达到爱使股份股本总额的 11.2%，但爱使股份公司的对策是以不变应万变，对辽宁国发的对话呼吁不予理会。

　　随后，辽宁国发逐渐减持，至 1994 年底辽宁国发持股比例降为 3.74%。

　　后来，辽宁国发由于国债期货市场的"三二七"事件而东窗事发，自顾不暇，因此"国爱之争"遂不了了之。

共和国故事·方兴未艾

万科实业的攻守战

1992 年 12 月，海南新能源在深圳交易所挂牌交易，万科是发起股东之一。

1994 年，已经成功上市成为股份公司的万科也麻烦不断。

1992 年 8 月，万科在上海股市开设法人机构投资者，就准备以收购方式进入上海市场，想开创股市收购的先例，不料被宝安抢了头筹。

经过一番酝酿，他们终于选中与延中相同的"三无概念股"申华，而且当时申华总股本才 2700 万，属于典型的小盘股。

同时，万科最看重的是申华地处浦东这样一个优越的地理位置，与申华合作能使其在浦东开发的浪潮中抢先一步。

万科当时在深圳上市公司排位仅次于深发展和宝安，可称为"老三"，公司经营十分规范。

1993 年上半年就参股了 36 家企业，对外投资总额达 6829 万元，尤其是它的"万科城市花园"，在全国几个城市销售势头非常好。

1993 年 11 月 10 日上午收市后，深圳万科公司突然发布公告，其下属的上海万科房产等关联公司，已通过上证所购入申华实业公司股份流通股 135 万股，占其发行在外普通股 2700 万总股本的 5%。

与此同时，万科公司将此情况向中国证监会、沪深证管办、沪深交易所及申华公司做了书面报告。

这时股民才明白，为什么申华股票早上以 31.50 元跳空开盘。于是，群情为之振奋。受收购的刺激，申华股票大升，股价最高达到 70.99 元，并创下 20 分钟内成交 6 亿元的股市纪录。

据说上海有一位 70 多岁的老太太，按即时价买进 1000 股申华，由于飙升太快，成交时正好是最高价 70.99 元，交割时她账户上的 3 万多元根本不够，还欠证券公司 4 万多元，老太太闻听，当场晕倒在地。

因为在延中收购事件中，已经被高位套牢过一批狂热分子，所以这时的股民在狂热中已经有了一些警觉，在股价摸高后，不久就迅速回落，最后以 45.8 元收盘。不过，也有一批狂热分子落入套中，一些跟风者也栽了进去。

11 月 11 日，上海申华公司召开了董事会，对万科持股一事进行了对策研究。

公司董事长瞿建国认为，对申华来说，有此合作伙伴的确是件难得的好事。

其后，瞿建国在接受记者采访时曾豁达地表示，万科购股是一种投资行为，我们欢迎万科成为申华的大股东之一，申华公司将以友好姿态推动这次合作。同时，希望"申万"这次善意的合作，能够成为中国股份制改革的一个良好范例。

这番欢迎万科加盟的豁达表态，颇具大将风范，不过对抱着"申万"火拼的狂热分子却是一盆冷水，申华股价应声而落，连拉3根阴线。

真可谓退一步海阔天高，面对申华如此豁达大度的表示，万科反倒颇有羞涩之感，谁能推却"善意"呢？

1993年11月14日，深圳万科和上海申华在上海花园饭店联合召开新闻发布会。

万科董事长兼总经理王石表示，他们持有的申华股票一股也不卖出去，万科的目的是参股经营。

申华董事长兼总经理瞿建国表示，申华欢迎万科加盟，并透露已邀请万科两名高层人士加入申华董事会。

新闻发布会上双方相敬如宾，充满了友好的合作气氛。自然这一结果被誉为"中国证券史上首宗善意参股经营的范例"。

万科最初收购申华股权时，申华非常主动，态度诚恳。董事长瞿建国说自己被查出肺癌，要移民加拿大静养并做慈善事业，他称把公司托付给万科他就放心了。

但当万科正式进入申华之时，却发现受到重重阻碍和限制。瞿建国又说，医生误诊，他身体没有病，不出国移民了，只是催促万科把答应捐给建国基金会的500万元款项尽快打入账户。

这次股东大会已经把事情讲得很明白。王石对瞿建

跌宕起伏

国说："瞿先生无意放弃控股权，万科不甘心陪衬当二股东，怎么办？为了成全瞿先生，万科知难而退，捐给建国基金会的 500 万元还请退还万科。"

10 个月后，万科持有的申华股票锁定期结束，万科公告售出 140.4 万股。

至此，中国首宗以善意方式通过二级市场达到购股与经营的成功案例以失败告终。

1994 年 3 月 30 日，君安召开新闻发布会之前，君安的掌门人张国庆来到万科的掌门人王石的办公室，告知王石，君安已联络了部分万科股东，准备对万科的经营战略提出不信任，要求改组万科董事会，新闻发布会将在两个半小时后举行。

"我可以参加下午的新闻发布会么？"王石问。

"你就不要参加了吧，只是因为要给万科提意见，事前通知一下。"

"既然给万科提意见，为什么万科的董事长不能参加呢？"

"你要参加也没有问题，提意见是以'告万科全体股东书'的形式，并在明天的《深圳特区报》上刊登，建议改组董事会。形式或许会让你觉得有些激烈，但这是为了万科好。改组后的董事会还是由你担任总经理。"张国庆一边说一边向王石告辞。

王石立即给股东们打电话联系，令他吃惊的是，第一大股东新一代、中创、海南证券 3 家的董事不仅知道此事，而且还都是这次"意见会"的发起者。

王石出席了下午的新闻发布会，《告万科企业股份有限公司全体股东书》一万多字，念了一个多小时。

会场上的气氛顿时弥漫起浓烈的火药味。

君安副总裁张汉生站起来，对"倡议书"进行了一番解释。

这时，记者们的目光全都落在了主席台下就座的万科公司人马身上。

万科董事会秘书郁亮先生站起来，要求宣读一份万科公司的声明。

主席台上的张国庆不无嘲讽地拒之道："你们想声明的事情我知道，我现在就给大家解释清楚，原来4家委托我们发出倡议的股东中，中创即中国新技术创业投资有限公司声明退出，可海南省证券公司却加入了。"

在记者们的抗议下，王石才获准在会上发言。

王石表示："明天下午14时，万科将召开新闻发布会，发表对《告万科企业股份有限公司全体股东书》的正式回应。"

王石看出君安的动机非常明显：实际上这是一次争夺万科领导权的"战争"。

万科在深市中是仅次于深发展的老公司，由于这家公司的股权极为分散，第一大股东持股也只不过占总股本的6.5%，所以谁持股超过这个比例，谁就可以成为公司的"老大"。

君安证券公司不仅是万科的股东之一，而且是万科公司的财务顾问，这次代表万科的部分主要股东，即"新一代"公司、海南证券公司、香港俊山投资有限公司和创益投资有限公司，他们总共持有万科 17.73% 的股份。

于是他们以这个股份发出改组万科的"改革倡议书"，并散发了《告万科公司全体股东书》，倡议对深圳万科公司进行重大改组，要求对万科的产业结构和董事会进行重大调整。

王石也非等闲之辈。

在分析完形势后，他迅速得出结论，这次所谓的要求改组万科，实际是对方想借新闻炒作，拉抬股价。

来者之意明了之后，王石以最快的速度出招，他得利用这两个半小时来瓦解"敌军"阵营。

新闻发布会上，万科领导层表面上佯装对突如其来的挑战缺乏准备。仓促应战的万科总经理王石，在君安的新闻发布会上也不无嘲意地称这个"倡议书"很具专业水准，同时他对"倡议书"提出的一些问题进行了解释，并希望不要因此在市场中产生万科会被收购的印象，以免造成股价波动，给中小股东带来损失。

然而实际上，此时万科上下都已行动起来。

散会时万科董事会秘书郁亮突然在人群中高声宣读了一份由"新一代"公司法定代表张西甫签名的，宣布退出"君安倡议"的声明。

声明称，昨日万科董事会已对君安的倡议达成共识，而"新一代"公司对万科董事会的共识完全接受，认为没有必要举行新闻发布会，因此决定退出。

即将散去的人们一片哗然，显然，万科从内部进行的瓦解已有成效。

这则声明的真实与否对君安可谓关键，因为"新一代"公司是万科的第一大股东，若"新一代"退出，"君安倡议"方将只有4.23%的万科股权，倡议将流产。

对此君安称，目前尚未收到"新一代"任何类似文件或声明。

同时，万科还宣布海南证券已来电，称其对万科3月29日董事会达成的一系列决议也无异议。

随后，万科又查出君安高层在万科股票上有200多万元的"老鼠仓"，这就更表明君安有炒作的意图。

王石分析：君安证券公司是要制造万科被收购题材。收购自然刺激股价上涨，只要万科股价上涨，君安就可以一举三得：

第一，可以抛售积压的万科股票，实现资金回笼；

第二，可以借小股东的支持达到控制万科董事会的目的，从而更方便地操纵股市；

第三，通过此举，还可以赢得维护小股东利益、市场创新的好名声。

王石迅速采取行动：

一是争取股东的支持，瓦解君安同盟；

二是以有建"老鼠仓"的证据，如果复牌股市出现异动，会出现蒙蔽小股东的情况产生为理由，从证监会争取到 4 天的停牌时间；

三是做政府和社会的工作，争取他们的同情和支持。

3 月 31 日，万科转入反攻阶段。深圳万科公司董事长王石在公司本部二楼会议室召开情况说明会。

会上再次宣读"新一代"公司对王石的授权声明，重申了 3 月 30 日中午发表的声明，"新一代"公司认为没有必要召开当日下午的新闻发布会。

同时声明还称，君安在得知本公司不参与此次活动后，仍以"新一代"的名义在新闻发布会上公布《告万科公司全体股东书》和"改革倡议书"是不对的。

"新一代"公司再次声明，取消君安作为万科的财务顾问，并保留进一步追究法律责任的权利。

宣读完声明之后，王石表示君安不同万科董事会打招呼就召开新闻发布会，这是很不妥当的。同时他还认为，君安建议推荐 8 至 10 人进入万科董事会，已超出了倡议的范围。

王石的发言彻底否决了君安公司起草的改革倡议，他还向与会者出示了"新一代"公司的两份文件，一份是"新一代"公司撤销对君安的授权委托，另一份是"新一代"公司委托万科董事长王石全权负责此次事件的善后处理工作。

在情况说明会之后，当天万科公司就发布公告，称万科董事会在与专业顾问联系后，尽早就"君安倡议"作出公开回应。

同时，希望万科股东和公众通过适当渠道，对公司提出建议和批评，并表示对君安证券有限公司的行为深感失望。

在万科召开情况说明会的同一天，"新一代"公司也在报刊上发表声明称，王石在万科新闻发布会上代表"新一代"发言的内容属实，这样就使君安陷入了十分尴尬的境地。

但是，君安公司还不死心，于4月1日下午也召开了情况通报会，称"新一代"公司撤销授权的有效文件是3月30日下午送达君安公司的，而且和万科转交的文件内容完全不同。

但就在君安召开情况通报会的同时，"新一代"也召开了新闻发布会。张西甫在会上亲自宣读了与王石讲话相同的发言稿。

张西甫的发言稿一读完，就被记者团团围住了，但他奋力冲出重围，扬长而去。

由于"新一代"法定代表的叛离，君安公司的倡议行为基本流产了。

王石在张西甫退场后独自主持会议，他还透露，中创和海南证券也已明确表示支持万科，同时，海南证券也授权委托王石声明，海南证券并没有授权君安参与此活动。

王石又称目前已发现一些大户大量吃进万科股票，极有可能是有人想操纵市场，从中渔利。

现在只剩下君安孤军奋战了，它能代表的万科股权只剩下 3.17%，很显然，君安大势已去，也无法再继续下去了。

4 月 2 日，万科董事长兼"新一代"公司代言人王石得意地对记者说："'新一代'公司全力支持万科公司管理层，如有必要，'新一代'随时准备增持万科股份。"

停牌后开市第一天，万科股票反应平静。王石在下午召开新闻发布会，宣布"君万之争结束"。

不久，证监会派人来深圳处理此事。张国庆见到台阶赶紧就下，表示再也不征集小股东委托投票。还是1994 年的一天晚上，王石到一家餐厅吃饭，意外发现第二天要举行万佳董事会的其他 3 位股东正在一起吃饭，他感觉可能有事情要发生。

王石打电话查询，从一个股东那里得知，这 3 位股东要联合起来，在第二天的董事会上，逼万科交出董事长权力。

此时，万佳共有 4 家股东。万科占股份 35%，广东省核电投资公司占 25%，华西建筑占 20%，天安占 12.58%，还有 7.42% 的职工股。

1994 年 7 月 17 日，万佳推出仓储式百货零售商场，在华强北路华联发大厦一楼开业，生意火爆。

万佳的现金流骤然增加，引起了股东的关注，他们表现出希望挪用现金的强烈兴趣。

而负责运营的万科反对股东挪用流动资金的提议，股东之间的利益发生冲突。

此时，万科发现了万佳管理上的漏洞，决定将万佳的管理权和经营权分开，并推荐万科首届监事会主席丁福源当万佳董事长，吴正波做总经理。

更换董事长成为 3 家股东联手反对万科的导火索。局面明摆着：只要开董事会，万科就会失去对万佳的控制权。

王石建议将董事会改为股东讨论会，会上王石表示："既然大家意见与万科有分歧，要么万科将你们的股票买回来，要么由你们将万科的股票买过去。"

3 家联手的目的是为了争夺万佳的控股权，既然如此，还是把复杂的人事纠纷变成简单的股权买卖关系。3 家表示需要研究。

20 分钟后，3 家股东返回会议室，他们表示："只要价格合适，3 家股东愿意将股票卖回给万科。"

王石开价 2.8 元每股，这让有的股东眉开眼笑了，因为他们 10 个月前买入的价格是 1 元每股。

之后，王石借故离开，他没有参加签字仪式，而是授权徐刚全权代理。

20 时，沉浸在胜利的喜悦中的三方联盟股东急不可耐地返回会议室，会议继续。

徐刚给三方股东代表递过拟好的协议，严肃地说："董事长授权，万科决定以 2.8 元每股的价格购买股票，但是，在你们 3 家之中，我们只选择一家，哪一家卖，由你们 3 家协商。如果三方认为不合适，万科愿意以 2 元每股的价格卖出。"

3 家股东认为自己被愚弄了，但万科暂时赢得了一点喘息的时间。

第二天，三方召集董事会，万科没有参加。

在三方股东召开的董事会上，选举了华西建筑的李大海担任新一届的董事长。

会后，新班人马带着保安人员到万佳的办公室"夺权"。一时间，双方的保安在万佳楼下形成僵持之势。

王石坚持，万科董事长缺席，董事会的决议无效。

第三天，三方股东联盟向丁福源发出要求召集特别股东大会的函件。

这一函件表明：承认丁福源的董事长身份；宣布李大海的董事长资格无效。

显然，这是对方迅速改变了策略。因为操作万佳的实权在万科手上，拖延时间的做法显然对股东联盟不利。

按照章程规定，持股超过 10% 的股东有权就特别议案提出召开特别股东大会的申请，董事会在接到申请的一个月内必须召开股东大会。而一旦召开股东大会，在三方联盟面前，万科就只有交出控制权。

此后，万科同一股东暗中达成收购股权协议。一周之后，协议签订。万科增持万佳股份至 60% ，三方联盟被打破。

股市出现大熊当道

1992 年夏天，沪市从最高点 1400 点全面下挫，熊市初现端倪。

但是一些大户仍然不甘心寂寞，4 只盘子最小的股票，即兴业、爱使、小飞乐和申华等"四小龙"，就成了他们狂炒的对象。他们试图以此来挽回熊市初现时的大盘颓势。此时，小飞乐面值拆细为 10 元后，从 100 元左右被炒到了 420 元。

但这毕竟是强弩之末，1993 年春节以后，多方都在死守 1100 点大关，以确保上海股市在千点上方能够稳定下来。

1993 年 5 月 14 日，财政部发出公告，从 5 月 15 日起，提高现行人民币存贷款利率。

不断提高利息，并第一次为银行存款提供保值服务，当时银行存款利息加保值储蓄利息，年收益竟然达到 20%。这意味着宏观调控、抑制经济过热开始了，多头的希望即将破灭。

1993 年 5 月 24 日，沪市多头苦苦支撑的 1100 点心理关口被无情击穿，深市也击破 290 点技术支撑位。

5 月 25 日，沪市上证指数又一路下滑到 960 点。

6 月 3 日，不甘心失败的多头力图挽回颓势，发动了一场收复失地的进攻，沪市急剧动荡起来，当日高低落差竟达 220 点，创上海股市日波幅的历史纪录，最后多头略占上风，上证指数勉强报收于 1004 点。

但是好景不长，6 月 23 日，上海股市成交金额创 1993 年最低点，仅 1.3 亿元。

6 月 24 日，为迎接第二天深圳证管办与深圳证交所联合举行的"B 股国际研讨会"，深圳 B 股行情竟然出现全日交易量为零的罕见现象，场面真是难堪至极。

上海股市还没有落到白板的窘境，可成交金额太少就意味着财政收入的减少，这是实实在在的损失。至于股民们的损失，可以用"套死也不割"的方法解决。

于是，在深圳推出利好两天后，上海证交所于 7 月 5 日发布新规定：即日起调整场内每次申报买卖股票的数量。上市股票可流通量在 3000 万元以上的，每次申报买卖的上限由原来的 3 万股放大至 5 万股，在 3000 万元以下的，每次申报买卖的上限由原来的 1 万股放大至 2 万股。

可是调整之后，股民们仍旧无动于衷，新规定出台第二天，上证指数破 900 点，报收于 897 点，深指破 260 点，以 255 点收市。

与此同时，国内的经济形势也不容乐观：市场过热，通货膨胀开始抬头，宏观经济指数下降。

1993 年 7 月 10 日，中国人民银行实行紧缩银根政策，决定从 11 日起提高人民币存贷款利息，并对 3 年以上定期储蓄存款实行保值。

经济宏观调控，抑制过热投资和通货膨胀宣布正式开始，这对沪深股市可谓雪上加霜。部分资金撤离股市势在必行，对股票的需求进一步锐减。

然而，上海股市的管理层并没有因此而放缓扩容速度，反而加紧扩容，仿佛要真正认清股市的承受能力到底有多大。

1993 年 7 月 20 日，已连拉 12 根阴线的深圳股市，开盘后直线下跌，200 点大关失守，直抵 194 点，后市抄底大军奋勇杀入，推高至 210 点收盘，这是继 12 根阴线之后的第一根小阳线。

受深市拖累，沪市指数也在这天创出了 1993 年来的最低点，以 808 点收市。

7 月 22 日，股评家任文兴在《中国证券报》上发表了题为《敢问沪股底在何方》的技术分析文章，分析了上海股市的技术形态，最后得出结论："777"点是上海股市的一个锐底，股市不久即将跌到底部。

文章发表后并没引起多少股民关注。

7 月 27 日，上海股市以 789 点开盘，但仍然延续了下跌的态势，780 点无声而破。

下午开盘后，上证指数探到了 777.73 点，但此时股指似有神助，不再下行，而是慢慢反弹了，780 点，790 点，终盘竟收在 791.62 点。

这时，看过这篇股评文章的股民才想起了"777"是底部的说法。

收市后，电视台做证券节目的编辑马上打电话给任文兴，单刀直入地问："777点有效吗？"

"有效！"任文兴回答得自信而又干脆。

当晚电视股评同样自信干脆地播出"777"为底部的说法，引起市场一片议论，舆论对此评头论足。

第二天，上证指数继续缓缓上行，报收799点；第三天800点，证明"777"点技术支撑有效。

作为股评家的任文兴也由此声名鹊起。此后，"777"被炒家们公认为重要技术点位。

在"777"点获得支撑后，沪市缓缓爬升。1993年8月16日，沪市当时的大盘股申能复权，带动沪股全面上扬，一举收复千点大关，并以最高点1023点报收；深股同样攻势凌厉，一举攻破300点整数关，以最高指数320点报收。但这波行情只能视为触底后的反弹。

8月17日，套牢盘和短线客出人意料地把多头打得溃不成军，沪深股市双双急挫，沪市重回千点以下，980点被击破，深市拉回300点以下，报收282点。

反弹昙花一现地就此结束，指数重回下降通道。

10月25日，上海股市因利好而大跌，再度逼近"777"点关口，在瞬间探至774点后，奇迹般地回升，当日成为自8月23日以来跌幅最大的一天，跌幅指数达5.63%，收盘报784点。两天后，指数又瞬间跌至776点，随即反弹而起。

眼看"777"点也要不保了，管理层急了，接二连三地抛出利好政策。

10月29日，上海证交所宣布：今后凡在上海证交所上市的盘子特大的公司股票，将实行按比例分段上市的新办法，并确定上海石化首批上市的比例为30%。

11月22日，深圳颁布《深圳证券交易所回转交易管理暂行办法》，于22日起实施"T＋0"回转交易。

11月29日，上海证交所再度提高每次申报买卖限量，股本总额在3000万元以上的股票，每次申报最高限量由5万股提高至10万股，在3000万元以下的，由3万股提高至5万股。

12月16日，国家税务总局发言人称，股票收益征税目前并无规定。

其实在此时的情况下，根本无处可收，整个股市被熊气所笼罩，受益者寥寥无几。

1994年1月1日，上海证券管理办公室决定，把向上交所各会员单位征收市场监督管理费的标准由原股票交易额的0.03%，调整为0.02%。

铺天盖地的利好总算保住了沪市的"777"安然无恙。可与"熊"搏斗，怎敢说"其乐无穷"？

1993年12月20日，沪市再次产生暴跌行情，以783点报收，成交金额达15.5亿元。细心的股民发现，在这天的暴跌中，申能在8.18元处囤积着巨大的买盘，有超级大户在此死守。

果然，在此后的一个月中，不管大盘如何阴跌，申能在 8.18 元处总是接盘云集，或许是一些机构对管理层大出利好的良苦用心心领神会，刻意构筑一道铜墙铁壁作为后盾，股民们的惶惶之心始得安定，股指也随之稳定下来。

然而，申能"8.18 防线"只能让人过个安心的元旦。1994 年 1 月 19 日，上海管理层宣布，1 月 28 日将有2.5 亿新股上市。

曾一个多月屡攻不破的"申能 8.18"这道防线开市后就被击破，成千上万股接盘一时间消失得无影无踪，沪市立即暴跌，直破 800 点大关，探至 793 点，临收市时才勉强拉至 807 点。申能最后以 7.7 元收盘，名列跌幅第三位。其后一周，"777"点苦苦支撑着股指下行。

各方团结抗击熊市

1992 年 8 月，深圳股票市场发生"八一〇"事件，投资者对新股抽签表发售工作不满，引发股市骚乱。受其影响，深圳股市几乎全面停顿。

1993 年至 1996 年，出现了我国股市历史上的一大熊市。

1993 年见顶 1558 点下跌以来，上证指数在"777"点构筑了一道坚实的防线，几次下跌至此点位附近都有 30% 以上的大反弹。

不过当时经济紧缩，股市低迷，加上大扩容，趋势是向下的，最终反弹都无功而返。

1994 年 2 月 22 日，深交所宣布即日起暂停新股上市。市场略做反应后，很快跌破 700 点关口，到达 694 点。

到了 1994 年的头 7 个月，上证指数一直跌，从最高 907 点跌到最低 325 点。1994 年至 1996 年还分别出现了两个底部。

1991 年时，高层中有种声音，认为股票市场是搞私有化，不能继续搞下去，主张取消深圳、上海的试点。

在珠海特区 10 周年庆典会的主席台上，江泽民主动跟刘鸿儒打招呼，约他在回京的飞机上谈话。

在从广州飞回北京的两个多小时里，江泽民和刘鸿儒就很多问题进行了交流。田纪云、温家宝等中央负责同志都在场。

江泽民就他所听到的各种议论向刘鸿儒询问，他问得很认真，记得也很仔细。

刘鸿儒根据调查结果逐一做了回答。

汇报到最后，刘鸿儒说：

　　股票市场的试点不能取消，可以暂不扩大，但不能撤。如果撤，对外发出的就是一种后退的信号，对改革形象影响很大。

讲到这里，他表态道：

　　江总书记，请您相信，我们这些共产党员、老同志不会去搞私有化，主要是在以社会主义公有制为主体的前提下建立股票市场。要允许我们搞实验。

最后，中央表示保留现有的上海、深圳两个点。股票市场就这样保留了下来。

1992 年，"八一〇"事件之后，中国股市长时期为熊气所弥漫。

沪深两地采取了一系列利好措施，但是成效甚微。

1993 年 6 月 24 日，深圳市 B 股竟然出现全日零交易的尴尬局面。

对此，深圳证券市场的管理者觉得再也不能坐视不理了，深圳马上推出了一系列刺激股市的政策。

1993 年 7 月 3 日，深圳证管办推出 4 项举措：

1. 股票上市保持均衡；
2. 暂缓 1992 年红股上市；
3. 证券商自营管理办法近日颁布；
4. 整顿市场秩序。

1993 年 8 月 6 日，上海证券管理办公室发布《上海1993 年股票认购证发售办法》。

8 月 7 日，上海证券管理办公室公告 1993 年第一批向社会公开发行股票的公司，共有 12 家。

8 月 9 日，上海 1993 年第一批向社会公开发行股票的 12 家股份有限公司，均已与证券公司签署了股票承销协议。

8 月 14 日，上海 1993 年股票认购证开始预约发售。

8 月 22 日，上海 1993 年首批新股认购证发售结束，共发证 1.8 亿多份，中签率仅为 2.056%。

8 月 28 日，上海 1993 年第一批新股认购证摇号……工作节奏越来越快，似乎是为了追赶股市下跌的速度。

9 月 4 日，上海证券交易所和上海证券中央登记结算公司联合发出通知，除国家法律、法规规定不准参与股票交易之外的机构投资者，均可凭规定申请开立股票账户，以适应入市需要。

这意味着上海证券市场已向机构敞开。

但市场却不为所动，依然我行我素地下跌。

用利好刺激一下，然后发一批新股，这似乎已经成为 1993 年的规律。

9 月 22 日，在深圳证交所，广州的 5 家公司，即广船、白云山、浪奇、珠江实业、东方宾馆，发行新股认购证。

10 月 12 日，上海第二批新股招股书全部推出，19 家公司共向社会发行 3.7 亿余股，其中 2.6 亿余股为个人投资者认购。

10 月 14 日，上海第二批新股开始发行，共有 19 家公司。

10 月 23 日，上海第二批新股认购证摇号。

1993 年 10 月 24 日，上海证交所再出利好，企图挽救颓势：

> 决定从 11 月 1 日起调低 A 股交易收费标准，佣金从成交金额的 0.5% 即上海和 0.6% 即外地统一调低至 0.4%，佣金的起点数为 10 元。

但这次利好依旧打了水漂。

1992 年 10 月，国务院证券委员会成立，国务院副总理兼证券委主任朱镕基找到刘鸿儒，让其担任证监会主席。

朱镕基在上海当市长时，刘鸿儒调查研究证券市场，曾找他共同研究过许多问题，后来在其他一些事情上刘鸿儒也做过朱镕基的"参谋"，相互比较熟悉。

朱镕基找刘鸿儒谈了几次，刘鸿儒当时感到心里有一定压力，但成立证监会的事情比较急迫，最后答应了下来。

刘鸿儒当时曾这样讲，这项工作是火山口，实在要我做，时间也不能长，一旦机构建立、市场稳定、规范确立之后，我就离开这个口。

当时的证监会还是个身份不明的半民间组织，开办费是借的，甚至连自己到底是干什么的、归谁管都说不清楚。

它和国务院证券委都是深圳"八一〇"事件的产物，刘鸿儒扮演的是一个"救火队长"的角色。

1993 年 9 月 1 日，国务院证券委负责人在 1993 年全国股票发行与认购工作座谈会上称，1993 年发行新股将有界线：

> 金融股不上，房地产股严控，鼓励能源交通企业发股票。把一部分股票拦在门外，有选择地上新股，以减轻市场压力。

1993 年 9 月 28 日，中国证监会权威人士在北京透露，1994 年新股发行仍将控制规模，1993 年已有 76 家企业通过上市复审，未发额度结转 1994 年。这与其说是利好消息，不如说管理层终于承认新股发行越来越困难了。

1994 年 3 月 14 日，证监会主席刘鸿儒宣布"四不"政策：即 55 亿新股上半年不上市，当年不征股票转让所得税，公股个人股年内不并轨，上市公司不得乱配股。这四方面在管理层看来是困扰股市、让股民作壁上观的拦路"熊"。

之后，大盘短线出现强劲反弹，当天上证指数涨 9.90%，收 788 点。

在反弹的第二天，即 3 月 15 日，深圳市市长厉有为表示，深圳市政府和有关部门正在研究和采取措施，以振兴深圳股市。

但是股市已积重难返，反弹来也匆匆，去也匆匆，很快进入到更猛烈的下跌中。

反弹匆匆结束。首先是 B 股破位下行，3 月 21 日，上海 B 股摔下 70 点台阶。

3 月 22 日，上海 B 股报收 65 点。

3 月 23 日，反弹成果全部丧失，深圳股市跌破历史支撑位，以全日最低 191 点收盘，创 1992 年深指 160 点反转以来的历史新低。

3 月 29 日，深股跌至 180 点后，收市前多方发动一轮报复性反攻，股指急速反弹，以 187 点收市。

4 月 5 日，沪市又创 1993 年以来新低，报收 682 点。4 月 11 日，深沪股指均创 1993 年以来最低，上证指数报 659 点，深指数收 164 点。

沪市中有 H 股的 A 股均跌进发行价，深市中一线股已跌出"股灾"水平。

至 4 月 20 日最低已到 536 点。

5 月基本上是在前段跌了 33% 后横盘整理，市场之弱可见一斑。

6 月、7 月指数基本呈现单边无抵抗下跌，股价一路走低。

1994 年 7 月 28 日，上证指数低开低走，收在 339 点，跌 8.43%。

在连续长时间下跌后的再次暴跌，杀伤力极大，使得股民仓皇而逃，股价惨不忍睹，削价处理。

1994 年 7 月 29 日，上证指数最低探至 325.89 点，盘中最大再跌 4.10%，收盘 333.92 点，成交 4.82 亿。

1994 年 7 月 30 日，政府出台救市政策。《人民日报》发表证监会与国务院有关部门共商稳定和发展股票市场的措施，俗称"三大政策"。即：

当年内暂停新股发行与上市；
严格控制上市公司配股规模；
扩大入市资金范围。

跌宕起伏

"三大政策"引起了8月狂潮。

1994年8月1日，指数从前收盘333点，以394点跳空高开，当日收445点，大涨33.46%。

8月3日，上证指数飙升20.89%。

8月5日，暴涨21.37%。

8月10日，涨幅19.01%，成交量放大到100亿上方，和7月的45亿相比是翻天覆地的变化，多头终于扬眉吐气了一回。

政策出台后一个月，股指重回了1000点之上。

中国证监会推出"三大救市措施"，在一个半月里，上证综指上涨了223%。

刘鸿儒离开前的1994年，沪、深两市的上市公司达291家，总股数为639.47亿股，市价总值为3690.62亿元，投资者人数为1058.99万。

前人栽树，后人乘凉。刘鸿儒像在五道口教书一样，在证监会有条不紊地处理其任内的三大工作：

立法；组织机构投资者；规范市场。

刘鸿儒这些枯燥但又不能体现出业绩的工作，却给后来证监会的发展挖好了地基。在他任职的29个月里，股市逐渐形成了全国统一的大市场，中国股市由此经历了启蒙期。

刘鸿儒说，第一任主席任务就是开荒、修路、铺轨道，把这些事情做起来，任务就算完成了。

当然，在刘鸿儒任内，也有一些很遗憾甚至是工作做得不到位的地方。

在 1991 年至 1996 年的 5 年间，股票营业部从数十家扩展到近 3000 家，入市资金从 10 多亿元增加到 3000 多亿元，而上市公司却只从当年的近 20 家增加到 400 多家，上市流通的股票却只有 300 亿股。股市的供求关系极不平衡，这样就造成了股价在最初两年出现暴涨的局面。

1994 年 10 月 5 日，国务院证券委决定，自 1995 年起取消 "T+0" 回转交易，实行 "T+1" 交易制度。当天，上证指数跌 10.71%，宣告一轮超级井喷行情结束，以后指数就渐趋平静，而国债期货市场则风起云涌起来。

沪深股市大起大落

1992 年发行、1995 年 6 月到期一次性兑付本息的 3 年期国库券，其年票面利率为 9.5%，到期兑付的利息为票面利率再加上保值贴补率。

由于到期保值贴补率的高低取决于通货膨胀率，因此该债券的到期现金流存在很大的不确定性。

正是这种不确定性引发了多空双方的巨大分歧。市场分化为以万国证券公司为代表的空方阵营和以中国经济开发信托投资公司为代表的多方阵营。

以财政部下属的中国经济开发信托投资公司为首的多方利用 327 国债现货规模有限的有利条件，不断拉抬价格，制造逼空行情。

以万国证券为首的空方则认为，通货膨胀已经见顶，期货价格严重高估，顽强抵抗。

由于看法存在严重的分歧，1995 年 2 月后多空双方均在 148 元附近大规模建仓，327 品种未平仓合约数量不断增加。

在多空双方僵持不下的情况下，1995 年 2 月 23 日，财政部突然宣布，将 327 国债的票面利率提高 5 个百分点。

这个公告大大出乎市场预料之外，因为在该国债的发行条款中，除了保值贴补率之外，并未规定财政部可以提高票面利率的条款。财政部的这一公告使327国债的到期价值突然提高5%！

而在当时，国债期货的初始保证金才2.5%，这相当于强令空方向多方支付相当于初始保证金200%的赔偿！

在这从天而降的特大利好鼓舞下，中国经济开发信托投资公司率领的多方借利好用300万口买盘，将327国债期货价格从前一天的收盘价148.21元上攻至151.98元。

而对于空方主力万国证券来说，327国债期货每上涨一元，其在盘后结算时就要损失10多个亿。

为了减少损失，万国证券巨额透支交易，在交易所下午收盘前8分钟内抛出了1056万口卖单，最后一单以730万口将价格封在147.50元。

当日上交所国债期货的成交金额达到创纪录的8536亿元，其中327合约占了80%左右。

327国债交易中的异常情况，震惊了证券市场。

当晚上海证券交易所经过紧急磋商，确认空方主力恶意违规，宣布最后8分钟所有的327品种期货交易无效，当日327品种的收盘价为违规前最后一笔交易价格151.30元，各会员之间实行协议平仓。

这就是著名的"327国债期货事件"。

财政部在这次事件中突然提高票面利率的做法也受到了强烈批评。这种做法对空方而言是显失公平的。

1995 年 5 月 17 日，中国证监会鉴于中国当时不具备开展国债期货交易的基本条件，发出《关于暂停全国范围内国债期货交易试点的紧急通知》。开市仅两年零 6 个月的国债期货无奈地画上了句号。

中国第一个金融期货品种宣告夭折。

因为国债期货被关闭，股市出现了 5 月 18 日的井喷。

1995 年 5 月 18 日，证监会宣布停止国债期货交易的第二天，深沪股市突然巨量暴涨。

当日沪市以 741.81 点跳空 158.92 点开盘，这个开盘价已无声地越过了 600 点和 700 点整数关，当日在 700 点上方巨量换手，最后收在 763.51 点，比上日收盘高出 180 点，涨幅达 40% 多。

深市也不示弱，成指以 1233 点跳空 190 点开盘，尾市收于 1287 点，较前日上涨 244 点，涨幅达 23% 多。沪市全日成交额达 83.60 亿元，这个成交量是前一交易日的 54.36 倍，两市总成交额超过 100 亿元。

这种暴涨，令素不关心期货的股民们目瞪口呆。

5 月 18 日，沪市的日涨幅为 1994 年 8 月以来最大，但与 1994 年 8 月狂牛不同的是，成交量更"真实"，因为从 1995 年 1 月 1 日起，沪市正式实施"T + 1"交易制度，废除了以前的"T + 0"交易，即当日买进的股票，当天是不能抛出的。成交量真实地说明，有庞大的资金人士抢盘。

5 月 19 日星期五，沪市多空双方在"777"关口展开了一番争夺，最后多方成功占领关口，并轻松越过 800 点整数关，以当日最高点 855.81 点报收，再次上扬 92.30 点，日涨幅达 12.09%，放出 98 亿巨量。

当日《上海证券报》喜气洋洋地发表了题为《股市重返龙头地位》的文章。

股民看了这篇文章，也都喜上眉梢。

休市两天后，5 月 22 日星期一，两市再续升势，上证指数收于 897 点，深成指收于 1425 点。沪市成交金额达到 114.30 亿元，创 1995 年 1 月 1 日实施 "T + 1" 交易以来的天量，也是 "T + 1" 以来成交金额首次突破 100 亿。随后几天，因浦东概念股出现回调整理，多空双方于 900 点附近拉锯。

这就是 "五一八" 的 3 天井喷的行情。

其升势之快、手法之凶狠，与期市上的逼仓如出一辙。这显然是被封杀的期市炒手们入股市抢盘。

面对如此火爆的井喷，5 月 22 日召开的国务院证券委第五次会议马上宣布，1995 年的股票发行规模将在二季度下达。

第二天，媒体发布 "五二二会议" 强调的三点精神：

第一，1995 年证券、期货市场必须加大监管力度，完善法规制度，规范市场，抑制过度投机，稳中求进。

第二，1995 年股票发行规模将在第二季度下达，根据市场情况掌握发行进度，控制节奏，分批安排上市。

第三，巩固整顿期货市场成果，加强对金融衍生产品市场的研究与监管。

5月23日消息公布的当天，久经沙场且亏多赚少的股民闻而色变，纷纷散局。

沪市跳空106点以791点低开，在750点报收，跌幅16.39%。

深市跌得更惨，跌幅达16.9%，成交量较前日均减去了三成。

"五一八"井喷行情来去匆匆地告终，消息滞后、反应迟钝、跑道又不畅的散户们又被套死一大批。

然而，"五一八"行情让不少股民似乎看到了股市的神话随时都会出现，市场乐观情绪慢慢攀升。

但是，直到8、9月份，股市才又连续走高。

上海许多股民认为，10月份爬上800点没问题，甚至可能冲击"五一八"井喷的高点926点。

10月25日，证监会再次发布整顿期货市场的通知，当天沪市再度跳高40点开盘。

但这一次股市已经激情不再，第二天大盘就掉头而下，不再回头。

"五一八"井喷再狂烈，只是熊市中的一段小插曲而已，股市的扩容压力仍然很大。

截至 1994 年年末，1994 年一年中沪市增发新股 71
只，总数达 200 只；深圳新增股为 31 只，总数达到 142
只，增幅分别是 56% 和 35%。

两市的股票市值超过 4800 亿元，较 1993 年的 3500
亿元，净增 1300 亿元，增幅近 40%。

这种近于疯狂的扩容行为，与期货市场的逼仓没有
多少区别，速度之快，手法之凶悍，令股民不寒而栗。

股市给以的回应就是：从 1993 年初到 1994 年底，两
市的跌幅高达 70%。

跌宕起伏

三、 不断成长

● 投资者惊奇地发现，长虹转配股的红股竟然可以卖出，其后长虹股票紧急停盘。

● 深沪两地的市场已经处于亢奋状态，每一次打压，只能让股指稍一回调，随后又奋勇向前，市场似乎对平日最害怕的利空政策已经麻木了。

● 但令广大股民不明白的是，1996年4月之后，琼民源股价仿佛坐上了火箭，股价一路飙升。

中国股市危机四伏

周道炯自 1995 年 3 月至 1997 年 6 月任中国证监会主席。他上任时，上证指数在 600 点附近，上海股市日成交量 6 亿元；离任时，上证指数在 1200 点以上，日成交量 100 亿元。

其间经历了两次上升行情，一次是因为关闭国债期货引发的 1995 年 5 月 18 日的井喷牛市，一次为 1996 年初开始的绩优股长期牛市。

1996 年的大牛市改变了我国证券市场的全貌，投资者从以投机为主地跟庄炒作，开始向以投资为主的价值投资转变，股市中涌现出了相当多的明星股票，例如四川长虹、深发展等。

1995 年 3 月到 1997 年 6 月的证券市场可谓多事之秋，股市、期市违规事件频繁发生。

周道炯担任证监会主席也是临危受命，成了名副其实的"救火队长"。

1995 年 3 月，327 国债期货出现重大违规，该事件引起集体上访，并以集体跳楼相威胁，这是周道炯上任后面临的第一道难题。

5 月 18 日，周道炯关闭国债期货交易，并通过协议平仓的办法使该事件得到了妥善解决。

后来四川长虹出现重大违规事件，按照当时的规定，转配股暂不上市流通，其时长虹刚刚实施了 10 股送 7 股派一元的分红方案，复牌后长虹股票突然抛盘如雨，股价异常下跌。

投资者惊奇地发现，长虹转配股的红股竟然可以卖出，其后长虹股票紧急停盘。

在周道炯主席的主持下，为了不产生新的不公平，尊重既成事实，证监会决定该转配股的红股可以继续流通，但应该锁定的部分由违规方中经开等机构锁定，该事件得到了圆满的解决。

1996 年年底，股市开始出现过度投机，股指持续走高，于 1996 年 12 月 11 日达到高点 1258 点。

为了防止市场风险过大，《人民日报》还发表社论强调股市风险。股市连跌 4 天，风险得到有效控制。

上市公司造假也爆出了第一个案例，1997 年初，琼民源公布财务报告，谎称 1996 年度"实现利润 5.7 亿元，资本公积金增加 6.57 亿元，比上一年度增加 1000 倍"。

经查，该报告严重失实，虚增利润 5.4 亿元，虚增资本公积金 6.57 亿元，后周道炯勒令琼民源停牌，该事件没有造成不良后果。

周道炯在任期间，股市多次出现过度投机，而管理层解决问题的办法多为行政手段。虽然事件得到了解决，但是对市场参与方的损害也不小。

这两年间，管理层一直也没能找到一个合适的预防机制和预警机制，而对于违规事件，多以关闭、停牌来解决，其手法颇显单一。

二级市场方面的问题，主要出现在管理层对极端市场状况反应偏慢。

1995 年 5 月 18 日，股市开始出现异常暴涨，管理层未加干预，最终导致高位参与的投资者被严重套牢，长虹事件直到出现的第三天，管理层才勒令四川长虹紧急停牌。事实上，在第一天收市清算后，管理层即可发现存在违规问题。

系列措施规范股市

为了摆脱熊市，1996年春节后，管理层开始对股市吹暖风。

3月30日，中国人民银行公告，从4月1日起，停办新的保值储蓄业务。

国务院对证监会提出的要求是：

稳步发展，适当加快。

没有了监管和规范，股民们放心大胆地做多。

但对于没有涨跌幅限制，两市相加才300多只股票的中国股市来说，一旦涨起来就如鸿毛般上升。这倒不能责备中国的股民缺乏理性，因为市场太小，老百姓也没有别的投资渠道。

以1996年相对较弱的沪市为例，以四川长虹和青岛海尔领涨的第一波上升，从512点攻至694点，以"上证30指数"股领涨的第二波行情，上证指数攻至894点，而以石化、马钢为首的三线股再度拉升，把指数攻至1038点，不到半年，上证指数就已翻番。

比上升速度更快的是股民被激发出来的投资热情，股市攻克千点大关时，股民中有人喊出了"消灭10元以下股票"的口号，甚至还有"套不怕，不怕套，怕不套"之类的豪言壮语。

到1996年12月9日，沪市的平均市盈率达44倍，而深市已到55倍。

任凭当时股民的热情全面爆发出来，管理层担心1990年深圳"聚宝盆效应"又将出现。倘若全国人民扛着全部家当投奔沪深股市，小小的股市势必面临灭顶之灾。

于是，管理层才吹了两个多月的暖风，便突变风向，开始对股市吹起了冷风。

然而当时，国务院证券委发布《可转换公司债券管理暂行办法》，股市对此漠然不理；证监会旋即公布1997年度40亿元可转换债券发行规模，希望分流股市资金，但资金"乐股不疲"，对债券根本没兴趣；证监会通知开始正式受理各地剩余的32家历史遗留企业的上市申请，股市不但毫不心悸，反而欣喜若狂，仿佛又增加了炒作的对象和题材。

1996年5月1日，证监会公布50亿元新增股额度，开市后股价不跌反涨，大展来一个吃一个、来一对炒一双的势头。

面对股市的迅速升温，中国证券市场的"八字方针"又被提上了议事日程。

1996年5月8日，全国证券期货监督工作会议在京召开，会议的宗旨是：

总结经验，加强监督，促进发展。

在会上，国务院副秘书长、国务院证券委主任周正庆指出：

要认真贯彻"法制、监督、自律、规范"的方针，保证证券市场的持续、健康发展，更好地为社会主义市场经济服务。

证监会主席周道炯在会上做了题为《认真总结经验，努力提高监管水平》的工作报告，强调 1996 年我国证券市场工作的指导思想。这就是：

紧密围绕实现"两个根本性转变"，认真贯彻"法制、监督、自律、规范"的方针，加大监督力度，规范市场行为，积极稳妥地发展证券和股票融资，进一步完善和发展证券市场，更好地为社会主义市场经济服务。

随着 1996 年 10 月深沪行情的再度大爆发，从 10 月 22 日起，中国证监会开始连续发布多道通知和评论，其中 12 条被视为"利空"的禁令，即后来被股民和专家们称为"十二道金牌"的规定，企图以此来绊住牛蹄子。

不断成长

这"十二道金牌"是：《关于规范上市公司行为若干问题的通知》《证券交易所管理办法》《关于坚决制止股票发行中透支行为的通知》《关于防范动作风险、保障经营安全的通知》《关于严禁操纵信用交易的通知》《证券经营机构证券自营业务管理办法》《关于进一步加强市场监督的通知》《关于严禁操纵市场行为的通知》《关于加强证券市场稽查工作，严厉打击证券违法违规行为的通知》《关于加强风险管理和教育工作的通知》《关于禁止股票发行中不当行为的通知》《关于对股票和基金交易实行价格涨跌幅限制的通知》。

在这"十二道金牌"中，尤其值得一提的是最后一道，即 1996 年 12 月 13 日证监会发出的《关于对股票和基金交易实行价格涨跌幅限制的通知》。

"通知"警告市场方面不要从事融资交易，严禁操纵市场，查处机构违规事件。并在《人民日报》头版头条发表社论，在前一天晚上的中央电视台《新闻联播》破例宣读。

11 月 13 日至 14 日，证监会在厦门召开全国证券期货监管授权工作会议。在授权地方证券管理部门责权的同时，再次强调了"法制、监督、自律、规范"的方针。

明眼人应该可以看出中国股市最高管理层的良苦用意，股市涨得太快了，管理层要的是慢牛而不是狂牛。

11 月份，深市连拉 9 阳，毫不回调，若再让疯牛狂奔不止，牛市势必马上夭折。

深沪两地的市场已经处于亢奋状态，每一次打压，只能让股指稍一回调，随后又奋勇向前，市场似乎对平日最害怕的利空政策已经麻木了。

终于，在 12 月 15 日晚，中央电视台《新闻联播》又全文宣读了次日将在《人民日报》发表的特约评论员文章《正确认识当前股票市场》。

文章指出：

> 今年 4 月以来，股票市场逐步回升，10 月以后出现暴涨。从 4 月 1 日到 12 月 9 日，上证综合指数涨幅达 120%，深证成分指数涨幅达 340%。这在国际证券市场上是罕见的。当前，炒股已成社会热门话题，各界人士争相入市，证券交易所几个月来新增投资者开户数 800 多万，总数超过 2100 万，股民已占城市人口相当大的比例。

按惯例，特约评论员文章在《人民日报》发表是件严重的事情。而且，12 月 14 日，管理层已用电报形式将此文传到各省、市、自治区和各部委，提前打招呼，这都是极不寻常的举动。

这篇文章口气之严厉、用词之尖锐，都会使人联想到过去的政治风暴。

12 月 16 日，两地市场开始执行股票交易价格涨跌幅

10%的新规定，除了某新股上市上涨139%外，当天所有610只股票和基金全部跌停，第二天又是全线跌停。

此时，管理层又感到害怕了，忙放低身段，说自己是如何爱护股市的，中国股市还是光明的等等。第三天，股市才在大幅低开后，有资金抄底，将市场稳住。

"涨跌停板制度"是一只关住疯牛的"笼子"，在1990年中国股市第一次出现"疯牛病"时动用的法宝，这次再次启用。

1996年12月13日这一天，标志着股票动辄当天翻番或腰斩的日子真正结束了，也可以说，中国股市动荡的时期宣告结束了。

虽然涨跌停板制度并不能阻止疯牛狂奔，但那种惊心动魄的场面恐怕很难在以后的股市里出现了。

最后一次见到这种场面是在1996年的10月17日，当时东北电以7.31元开盘后，狂飙至17.01元，虽然最后收在14.99元，可当日涨幅还是超过了100%。

正是因为有了涨跌停板，才使得东北电在1996年12月中旬的暴跌中避免了一天之内被腰斩的命运，而是用七八个跌停板，把价位从12元打到5.55元，要是在一天之内从12元跌至5元附近，保不住心脏不好的股民会当场晕死过去。

然而"十二道金牌"未能绊住狂牛的蹄子，牛市依然向前挺进。到12月初，上海股市已扬升并创下了3年来的新高1258点。

但是，物极必反，"十二道金牌"最终没有浪费，之后，股市连续下跌。

半年后的 1997 年 6 月 13 日，《人民日报》又发表文章指出，1996 年 9 月份以来，海通证券公司、申银万国证券公司和广发证券公司分别操纵上海石化、陆家嘴和南油物业等股价。于是，3 家公司的 CEO 李惠珍、阚治东和马庄泉被免职，公司暂停股票自营业务一年。深圳发展银行行长贺云和工商银行上海分行行长沈若雷也被撤职。

事隔多年后，曾组织撰写上述特约评论员文章的第三任证监会主席周正庆回忆道：

> 文章阻止了当时股市的过热，在亚洲金融危机来临之前，提前消除了股市的泡沫，对全民进行了一场风险教育。

也就在 1997 年 7 月 2 日，国务院决定将上交所和深交所划归中国证监会直接管理，交易所正副总经理由证监会直接任命，正副理事长由证监会提名，理事会选举产生。

沪深两个地方政府不仅失去了对交易所的支配，证券交易印花税也拿得越来越少。1993 年之前证券交易印花税是全部归沪深两市政府，之后是地方与中央七三开，1998 年改为中央 88%，地方 12%。

查处股市违规现象

在 1997 年的牛市中，违规现象屡禁不止，甚至出现了"自弹自唱"的恶性事件，也就是上市公司通过种种非法手段炒作自己的股票。这使得不顾业绩疯涨的泡沫越吹越大，而且会使中国的股份制改革走入歧途。

如果上市公司不是通过经营，而是通过拿资金哄抬自己的股价，那么，中国股市的存在还有什么意义呢？

1997 年 1 月 18 日，中国证监会严处两家违规单位，一家是上市公司张家界，另一家为湖南证券交易中心。

证监会得到群众举报，称张家界旅游开发股份有限公司和湖南证券交易中心有违反证券法规的行为。

证监会立即派人进行调查，调查发现：

> 张家界公司在 1996 年 10 月 2 日至 11 月 18 日期间，利用其长沙分公司开设的 15 个账户，先后买入本公司股票总计 212.8883 万股，总计动用资金 4150 万元。

用公司资金买卖本公司股票，这违反了《公司法》第一四三条关于"公司不得收购本公司股份"的规定，同时也违反了《股票发行与交易管理暂行条例》第四十一条关于"未依照国家有关规定经过批准，股份有限公司不得购回其发行在外的股票"的规定。

更为严重的是，张家界公司在 1996 年 11 月 22 日公布董事会送股决议之前，于 11 月 18 日、20 日、21 日大量抛售本公司股票，属内幕交易行为，违反了《禁止证券欺诈行为暂行办法》第三条关于"禁止任何单位或者个人以获取利益或者减少损失为目的，利用内幕信息进行证券发行、交易活动"的规定，从而构成《股票发行与交易管理暂行条例》第七十四条第十项所述的"其他非法从事股票发行、交易及其相关活动"的行为。

而湖南证券交易中心为张家界公司买卖股票提供融资，违反了《股票发行与交易管理暂行条例》第四十三条关于"任何金融机构不得为股票交易提供贷款"的规定，从而构成《股票发行与交易管理暂行条例》第七十一条第八项所述"为股票交易提供融资"的违规行为。

中国证监会给张家界公司和湖南证券交易中心如下处罚：

1. 对张家界公司处以警告并罚款人民币 200 万元；对公司董事长肖碧文、总经理杨泽忠、副总经理李建章分别处以警告并各罚款人民币 5 万元；

2. 没收张家界公司买卖本公司股票所获赢利人民币 1180.5 万元；

3. 责成张家界公司将其目前仍持有的本公司股票在两个月内由深交所监督全部卖出，如有赢利，全部没收上缴国库；

4. 解除公司本次违规行为的主要负责人杨泽忠的总经理职务和直接责任人李建章的副总经理职务；

5. 责成张家界公司进行为期一个月的内部整顿，整顿结束后由中国证监会验收，如验收不合格，证监会将采取进一步的处罚措施；

6. 对湖南证券交易中心处以警告并罚款人民币 75 万元；对交易中心总经理刘治初处以警告。

1997 年 3 月 1 日，沪深两证交所分别发出通知，对股票基金交易将实施公开信息制度。

上海证交所决定，将正式对股票 A 股基金类证券的交易实施公开信息制度，公开信息交易的证券品种为每个交易日涨、跌幅分别超过 7% 的前 5 种证券。公开的信息内容为：证券代码、证券简称、涨幅、跌幅、成交量股数、成交金额。

公布每种证券交易金额最大的前 5 家证券营业部的交易信息，内容包括：证券代码、证券简称、营业部名称、买卖金额。

深圳证交所也就股票、基金实行公开信息制度的有关事项做了规定。

1997 年 3 月 3 日，深、沪证券交易所正式对股票 A 股和基金的交易实施公开信息制度。

从通知精神来看，"张家界"事件引起了股市管理层的高度重视，开始致力于建设中国股市的透明性。

就在管理层监管上市公司年报规范化的同时，年报背后隐藏着的深层次问题却显山露水了。

1997 年 1 月 22 日，深市的海南琼民源现代农业发展股份有限公司 1996 年年报率先"闪亮登场"，令股民们惊喜万分的是，琼民源由垃圾股一夜之间变成了"绩优股"。

琼民源 A 股是在 1993 年 4 月于深交所上市的股票。上市之后到 1995 年，其业绩年年滑坡，沦为垃圾股。

1995 年每股收益不足一厘钱，净资产收益率仅为 0.03%，在 1996 年 4 月之前，琼民源的股价不过两三元。

但令广大股民不明白的是，1996 年 4 月之后，琼民源股价仿佛坐上了火箭，股价一路飙升。

琼民源在 1996 年 4 月以前深指处于低谷之时，其股价仅在两元左右。而市场转好进入牛市后，琼民源随着大盘一起"价值回归"，到 6 月份，股价已翻出一倍之多。

经过一个月的盘整，从 7 月 1 日开始，琼民源以 4.45 元起步，在近 4 个月的单边上涨中，其股价已然指向 20 元，翻了数倍。

不要说信息不灵的散户，连信息灵通的大户们都摸不透每股收益不到一厘钱的琼民源有什么"权力"狂飙不止。只有那些被"闷包"打得鼻青脸肿的股民，才会意识到里面肯定有巨大的花头。

在琼民源被股民挖掘出来后，套在它身上的光环也最多，最为光耀。诸如"扭亏概念股""首都概念股""农业概念股""房地产概念股""高科技概念股""政策倾斜概念股""高速成长概念股"，乃至令人费解的"关系概念股"等等。

可以说，任何一种概念都无不显示琼民源所独具的"优势"和可能带来的"高额回报"。

1997年1月22日，公司率先公布1996年年报。这份被冠以"闪亮登场"的年报中赫然列出：每股收益0.867元，净利润同比增长1290.68倍；分配方案为每10股送转9.8股。

年报一出，市场无不震撼，股价当即创出26.18元的新高。

年报显示，琼民源1996年利润总额高达5.71亿元，但其主营业务收入仅为1.67亿元，利润只有39.1万元，而大头是其他业务利润，共达4.41亿元，营业外收入1.01亿元。

这个巨额利润在广大股民看来，不知出于何处，总不会公司组织抢银行吧？

然而不管怎么说，"鸡窝里飞出金凤凰"的"事实"

摆在股民们面前，由不得你是否读懂年报。

年报公布的当天，琼民源跳空 0.42 元开盘，上扬至 24.8 元，正当容易激动的股民抢进时，股价却开始一路低走，大有庄家在借机出货的势头。

从早晨开盘到 11 时，琼民源已跌去两元左右，跌幅达 9.86%，离跌停板仅一步之遥。就在即将被空头封杀跌停的当口，一笔巨额资金杀来，将琼民源打离跌停板，向上步步推高。

下午开市后，多头主力继续一路掩杀，股价涨势如潮。犹豫不决的散户熬不住了，既然利润增长近 1300 倍，那股价涨 10 多倍又算什么呢？加上还有 10 送 3 分红方案，在如此合理的理由下，大家纷纷抢进。

在这一天，琼民源成交量创出 5636.2 万股的天量，换手率高达 30%，成交金额达 13.25 亿元，占当日深市总成交金额的 13.2%，然而收盘却拉出阴线，收盘价为 23.49 元。

当晚，琼民源被停牌的消息正式公布，散户们如梦方醒，意识到自己被出货的庄家耍了，在跌停板附近杀来的巨额资金，只是出货庄家假扮的多头主力。

让跟风套牢者更为痛苦的是，随后琼民源从停牌到复牌变成了遥遥无期的等待。这使得老股民们想起了原野，那可不是停牌，而是摘牌。

股民的这些担心，最终得到了证实。1997 年 3 月，琼民源公司全部董事在讨论琼民源利润分配的股东大会上集体辞职，导致琼民源无人申请复牌。

为此，国务院证券委会同审计署、中国人民银行、中国证监会组成联合调查组，对琼民源公布的 1996 年公司业绩进行了调查。

中国证监会在公布的"琼民源案"调查结果中提出，琼民源共存在三项重大违规问题：虚报利润、虚增资本公积金、操纵市场。

公诉人认定，琼民源在未取得土地使用权的情况下，通过与关联公司及他人签订的未经国家有关部门批准的合作建房、权益转让等无效合同，编造了 5.66 亿元的虚假收入，这些虚假收入均来自北京民源大厦。

民源大厦是琼民源与北京制药厂、香港冠联置业公司、京工房地产公司、北京富群新技术开发公司等四方合作开发的房地产项目。其中，北京制药厂提供地皮，香港冠联置业公司作为出资合作的一方，另一合作方富群公司则是琼民源的第二大股东。

民源大厦项目是个未完成的项目，它在 1996 年末给琼民源带来疑点重重的共 3 笔总计 5.66 亿元收入。

琼民源 1996 年年报宣称，其资本公积金增长 6.57 亿元，主要来自对部分土地的重新评估。

公诉人认为，所谓 6.57 亿元资本公积金，是琼民源在未取得土地使用权，未经国家有关部门批准立项和确认的情况下编造地对四个投资项目的资产评估，违反了有关法规，构成了严重虚假陈述行为。

据中国证监会调查，琼民源的控股股东民源海南公司曾与深圳有色金属财务公司联手，于琼民源公布 1996 年中期报告"利好消息"之前，大量买进琼民源股票，1997 年 3 月前大量抛售，获取暴利。

1998 年 11 月 12 日，我国第一宗上市公司提供虚假财务会计报告案一审有了结果。北京市第一中级人民法院对"琼民源案"进行公开宣判：原海南民源现代农业发展有限公司董事长、北京民源大厦董事长、北京凯奇通信总公司董事长马玉和因犯提供虚假财务会计报告罪，被一审判处有期徒刑 3 年。

原广西壮族自治区北海市会计师事务所退休干部、海南民源现代农业发展股份有限公司聘用的会计班文绍因提供虚假财务会计报告罪，被判处有期徒刑两年，缓刑两年。

法院认为，琼民源公司为树立有良好经营业绩的假象，达到发行可转换债券和挽回所属公司原经营亏损的目的，违反国家关于公司经营管理制度和有关行政管理法规，向股东和社会公众提供虚假利润及虚编资本公积金增加的财务会计报告，误导投资者，并造成琼民源股票交易停牌至今的后果，严重损害了股东和持有该股票股民的利益。

被告人马玉和身为公司董事长，指使所属工作人员虚编财务会计报告，系直接负责的主管人员；被告人班文绍身为公司聘用的财务人员，参与编制虚假财务会计报告等，系直接责任人员，两被告人的行为均已构成提供虚假财务会计报告罪，犯罪情节严重，依法应予以从重惩处。

法院认为，被告人马玉和及其辩护人关于马玉和无提供虚假会计报告的主观故意和客观行为，应宣告其无罪的辩解和辩护意见；被告人班文绍及其辩护人关于班文绍无犯罪主观故意和接受授意与他人恶意串通的犯罪行为的辩解和辩护意见，均缺乏事实和法律依据，法院不予采纳。

据此，法院根据被告人马玉和、班文绍犯罪的事实、犯罪的性质、情节及对于社会的危害程度，依照《中华人民共和国刑法》第十二条第一款、第二十五条第一款、第三十一条、第七十二条第一款及全国人大常委会《关于惩治违反公司法的犯罪的决定》第四条的有关规定作出上述判决。

"瞧着吧，琼民源准保是原野第二。"从原野案中走过来的股民这样说。

从容应对各种危机

用"临危受命"来形容周正庆的走马上任,一点不为过。当时,1997年7月开始爆发的亚洲金融风暴余波未定,受灾最严重的是泰国、马来西亚,紧随其后的是中国香港和韩国,这些国家和地区还没有从危机中恢复过来。

国内A股市场也未能在这场风暴中独善其身。到周正庆上任时,上证综指已从1997年的1500点高位回落到1200点。

通过精心治理,1997年的股市基本保持平稳,市场规模稳步扩大。在周边股市危机四伏的情况下,中国股市没有出现大幅度的波动,成绩来之不易。

周正庆总结原因,主要有以下3点:

1. 国家宏观经济环境良好,综合经济实力大大增强,为股市的稳定发展奠定了良好基础;

2. 及时消除了泡沫经济的隐患,有效化解了金融风险;

3. 从我国实际出发,没有盲目对外开放资本市场。

不断成长

股市的融资功能也急速萎缩，据统计，1998 年境内筹资比 1997 年减少了 484 亿元，下降 36.6%；成交总量比上一年减少 7177 亿元，下降 23%；印花税减少 27 亿元。

同时，受市场低迷影响，公司上市速度明显放慢，一级市场新股发行困难，二级市场价跌量缩减，投资者信心不足。

针对当时证券市场的低迷情况，周正庆上任伊始，便着手组织证监会对国内 A 股市场进行摸底调查，并于 1999 年初，酝酿了一份关于进一步规范和推进证券市场发展的若干政策意见，请国务院批示。

在此基础上，周正庆协调相关政府部门，对证券市场混乱的状况进行了一系列的清理整顿，其中包括：清理整顿场外非法股票交易市场、证券机构、期货市场、证券交易中心；清理整顿原有证券投资基金等。

在清理"风暴"中，证监会关闭了涉及 340 万股民、520 家企业的 41 个非法股票交易场所，基本控制住了市场潜在的风险。

到 1998 年年底时，证监会先后颁布实施了 250 多项法律法规。

1999 年 5 月 16 日，经过各方面的协调和修改，国务院正式批准了这份包括改革股票发行体制、保险资金入市、逐步解决证券公司合法融资渠道、允许部分具备条件的证券公司发行融资债券、扩大证券投资基金试点规模、搞活 B 股市场、允许部分 B 股 H 股公司进行回购股票的试点等 6 条主要政策建议的文件。

这一信息向外披露后，引发了著名的"五一九"行情。

此外，周正庆在任证监会主席期间，作为中国入世谈判领导小组的一员，他在入世谈判中坚持我方的原则和立场，拒绝了美国关于外资直接进入 A 股市场进行交易的要求。

经过艰苦的谈判，美国最终基本接受了中方的减让表，为 A 股市场避免重蹈亚洲金融风暴的覆辙立下了汗马功劳。

可以毫不夸张地说，周正庆是"五一九"行情的直接缔造者。以此为契机，中国股市展开了长达两年的牛市行情，给所有证券市场的参与者留下了一段美好而难忘的回忆。

不过，这并不能让人们就此忽略他在执证监会牛耳时留下的些许遗憾。

北大方正入主延中

在重组行情中，三无概念是比较特别的，即没有国家股、外资股、法人股，绝大部分是社会公众股。这类股票的重组恐怕只有靠二级市场收购了，这对股市的震动要明显比别的股票来得大。

"宝延风波"发生后，就有媒体发表评论，一针见血地指出了事件的本质所在：

> 此出股权之争爆出的种种疑问和思考，实在不仅仅是宝安向延中"发难"，而是向中国股市"发难"，向初期股市的管理和法规及市场机制的性能"发难"。这则"发难"的直接结果并不重要，重要的是深宝安以强大的推动力促使中国股市或被动或仓促地走出了襁褓，走向规范成熟，走向和国际惯例的接轨。

毫无疑问，"宝延风波"大大影响了其后《证券法》的有关内容，也为后来中国产权市场活跃的兼并重组打响了头炮。

在"宝延风波"4年之后，1998年2月28日，深圳宝安公司突然发出公告，称其减持2%的延中股票。在

"宝延风波"中虽然宝安受到了处罚，但其购入的17.98%的延中股被判定合法。

自宝安公司1993年控股延中实业之后，除1994年利润迅速增长外，并未给延中实业带来生产经营的实质性变化。在随后的一段时期里，公司的经营一直处于平稳状态。

宝安公司在成功利用资本运营实现企业扩张以后，深感法人股持有战线过长，决定收缩战线，变现自身拥有的部分股权，集中力量发展主业，因此宝安决定减持延中实业股份。

宝安作为延中第一大股东突然减持延中股票，不免让手持延中的中小股东感到心惊肉跳。

不过人们奇怪地发现，在宝安减持延中举牌前，延中股价在相当长的时间里一直在8至9元间波动，并没有因减持抛出股票而大幅下挫，只是成交量却急剧放大了，成交量少则400万股，多则上千万股，在举牌前几天延中反而向上突破，升到了12元，很明显有人在接抛出的股票。

谁在掩护宝安撤退？一团迷雾。可宝安一举牌，延中股价还是一路飙升，敢冒风险者大有人在。

对于不明就里的延中公司的高层领导来说，也担心在飞扬的股价中，中小散户被套牢而怨声载道。为此，公司马上召开临时董事会，决定向上交所申请临时停牌。

3月2日，延中上午因股价异常波动而停牌，下午复牌时果然起到震慑的效果，股价从 18.36 元跌回至 15.62 元。

直到 5 月 11 日，这个谜底才揭开。这一天，北大 4 家关联公司举牌延中实业，公告已联合持有延中实业 5.077% 的股票，其中北大方正集团持有 500 万股。

在公告中，北大校企负责人宣称，这是"产学研"结合的一次尝试，借助资本市场促进高科技的产业化。时值资产重组股和高科技股受人追捧的浪潮高涨，这则公告无疑把股民的想象力推到了极限。

5 月 25 日，延中第十六次股东大会召开，出席股东有 400 多人，代表 3200 万股的股权，其中宝安 1000 万股，北大 500 万股，其他 2200 万股则由其他股东持有。

在宝安股份有限公司默许的情况下，北大关联企业改组了延中实业董事会，9 名董事中北大关联公司占有 5 名，并由北大方正集团董事长张玉峰出任董事长，取得了对延中实业的经营管理控制权。

这次大会股民们并不在乎校企，而是在乎北大。北京大学是中国高校的领头羊，高科技含量肯定不会低，因此，公告一出，投资者群情沸腾，迅速把股价从 26.70 元抬到 30 元以上。

股东们也关心延中董事会和监事会的换届选举，尤其关心北大校企还不是第一大股东的情况下，能否顺利进入董事会。

会上代表中小股民发言的复旦大学教授谢百三道：

"我在北大举牌后，以 29 元左右的价格买入延中股票，只要不出现大的股灾，我准备跨世纪持有。"

同时他还提议，公司的名字应改为北大方正、北大科技或北大延中等，并建议公司以 1 比 10 的比例用资本公积金转赠股本，并实施配股。

北大校企加上复旦教授，让股东们大感兴趣。谢百三教授的发言显然在股东中产生了不小的影响，北大校企董事长张玉峰坚决表示："我们不会炒一把就走。"

最后，在 22 个候选人名单中，北大的 5 名候选人全部当选，由 9 人组成的新董事会，北大占了绝对多数。

虽然北大不是第一大股东，可它入主延中却以全胜告终。北大集团以二股东的身份入主延中实业，开创了中国资本市场的又一个先例。

那么作为延中第一大股东的宝安，对此会持默许态度吗？其实在这次市场重组中，宝安也是大赢家。

1993 年，宝安入主延中，总投入大约 6000 万元在二级市场进行收购，此后参与配股又投入 2000 万元。

自 1998 年 2 月减持延中，从二级市场套出 1.3 亿，除投资成本外，取得约 5000 万元的收益。而且此时，宝安还持有延中 1000 万股，仍是延中第一大股东。

1993 年以后，延中都是按 1 比 2 的比例送股。对于摊子过大的宝安来说，缺少现金是最主要的问题，而股数的增加没有多少意义，加上延中 1997 年又要以 10 比 3 进行配股，面临要追加投资的宝安可谓骑虎难下。这次

不断成长

北大校企的入主，对宝安来说是个退出延中、兑取现金的绝好机会。

整个收购一次举牌便获得成功，而且是以第二大股东的身份改组董事会，说明买壳上市不是一定要高比例绝对控股，那不过是一种特殊情况，主要得益于北大的名牌效应和关联公司的科技优势。这种情况，此前在中国资本市场里还是没有的。

宝安公司无力重组延中实业，借助北大方正使延中实业利润增加，股价上升，自己可以获得更高的利润分红，股权转让也可获得更高的转让收入，这也实属明智之举。

北大方正以较低的成本控股一家有配股权的上市公司，增强了促进科技成果产业化的资金实力，也是收益良多。

因此此次举牌可谓是双赢。

1998 年 5 月，以北大方正为代表的北京大学所属关联企业入主延中实业成功。

随即，新方正着手调整企业的资产和产业结构，剥离不良资产，将延中导入北大方正电脑业务体系，形成了以信息产品制造为核心的 IT 产业链。

不久，延中实业的股票简称更改为"方正科技"，成为一家主营业务清晰、赢利能力强的科技型上市公司。

"老八股"之一的延中变成了方正科技，这对老股民来说多少有些不习惯。

延中实业和飞乐音响是上海最早上市的股票，自上市以来，延中股本从最初的 10 万股扩大到 1998 年的 1.86 亿股，即使在延中拆细前最高价 380 元上被套牢的股民，现在也都赢利了。

　　投资者买入一股延中实业的原始股，如果参加所有的送配股，那么到 1998 年实际持有股数为 1866 股，其成本约 4031 元，1998 年的市值约 4.8 万多元。也就是说，延中股价在 10 多年内涨了 11 倍。

创造中国股市神话

1999 年 5 月 19 日，在沪深证券市场持续下挫、接近前期最低点时，上证指数从 5 月 18 日收盘的 1059.87 点开始急速上涨，深圳成指从 2534.72 点升至 19 日收盘的 2662.28 点。当日沪深证券市场分别上涨 50 点、127.56 点，涨幅都在 4% 以上。

20 日，各大报纸刊登证监会批准湘财证券增资扩股的消息，之后的证券市场持续放量上升，到 5 月 31 日上证指数在盘中已经攻破 1300 点，成交量平均每日 100 亿以上。

6 月 10 日，央行宣布减息。存款利息平均下降 1%，贷款利息平均下降 0.75%，这是自 1996 年以来我国第七次减息。

有管理层亲自挂帅，《人民日报》评论员吹响号角，以及证券媒体的一片呐喊擂鼓声中，一些措施都实实在在地说明，政府已经转变了观念，下决心要使股市向上拓展空间，股民哪有不一路奋勇掩杀的道理。

6 月 14 日收盘，上证指数收于 1427.71 点。6 月 22 日，沪指一举冲破历史最高点，上证综指报收历史最高位 1564.44 点，保持 6 年多的在 1993 年 2 月 16 日创下的 1558 点纪录终于被刷新，尽管这一天还公布了东风汽车和天津夏利汽车即将发行 5.18 亿股股票的消息，但市场有《人民日报》评论员在后面督阵，股民的"恐新症"一扫而光。

沪市以 1551.8 点跳空开盘后，盘中每一次下探都被买盘有力地托起，最终以全天最高点报收，较前一天涨 18.03 点，涨幅 1.17%，成交维持 237.35 亿元巨量。

深证综指同样以全天最高点 467.89 点报收，涨 7.71 点，深证综指成为深市 1997 年 5 月创下 520 点历史高位以来的次高点，当日深市成交 199.51 亿元。那一天沪深股市涨停的股票超过 50 只。

上升空间一旦被打开，股市立即呈现出一片红红火火的新面貌。之后，又不断创出历史新高，两市成交量也在急剧放大。这时，再胆小的股民也相信了证监会主席周正庆的话："5 月 19 日以来证券市场的日益活跃，绝不只是一波行情的演化，而是中国证券市场发展过程中的一次重大转折。"

6 月 25 日，两市成交量竟达 830 亿元，创历史纪录。到 6 月 30 日，上证指数在盘中上涨到 1756.18 点，涨幅达 65.69%。

在所有人都看好且毫无畏惧的情况下，"五一九"作为牛市第一波爆发性启动行情就此告终。这就是股市规律，当所有人都看多时，空头的能量开始释放。

1999 年 7 月 1 日，《中华人民共和国证券法》正式实施，沪深证券市场急挫，沪市狂跌 128 点，下跌超过 7.6%，这也就宣告了"五一九"行情的初步结束。

不断成长

　　"五一九行情"创造了 20 世纪 90 年代中国暴涨的神话，但是，这一暴涨的出现是有着深刻的背景的。

　　自 1997 年 5 月深沪股市扭头下跌之后，到了 7 月，许多股民认为调整到位了，但股市依然如同绵绵阴雨慢慢盘跌不止。股民、庄家、机构和上市公司对股市走牛还是走熊感到从未有过的茫然。

　　1997 年 9 月 12 日，中国共产党第十五次代表大会在北京隆重召开。在这次会议上，传出两个对股市来说是极为重要的信息。

　　第一是把公有制概念定义为只要国有资本是大股东，哪怕里面包括集体、个体、外资等不同的经济成分也算是公有制。这个定义废除了只有国有资本才是公有制的狭隘观念，隐隐透出一个经济所有制大改组的时代即将到来的信息。

　　这个时代意味着各种经济实体的大融合，也就是说，各种经济成分组合的股份制已走过了试点阶段，将成为中国社会的主要经济形式。

　　另一个信息是，这次会议指明了国企改革脱困的方向，即对国企进行股份制改造，通过兼并收购、资产重组等方法把别的经济实体吸纳进来。

　　这两个信息从理论的高度指明了公有制是什么，为实现这样的公有制应该怎样对国企进行改革，使国企走出困境。

　　"十五大"与邓小平在 1992 年的南方讲话具有同等重要的地位，邓小平同志的讲话为股市界定了中国股份制试点的场所，而"十五大"把股市推向了一个新的高度。

就此，股市在中国经济中的地位产生了质的变化，从"允许试"走到了"试好了，推开"的阶段。

这个性质的改变，从根本上决定了股市必须向上拓展空间，以迎接大量的改制后的国有企业上市，这些上市后的公众公司将成为中国经济的主体。这就是 1999 年"五一九"行情的内在动力。

中国经济的质变，往往都是用政治的方式来表达的。股份制试点真的会是"试"吗？试不好意味着改革开放的失败，改革开放的失败就是经济的崩溃。国家"试"，你就赶紧买股票。

事实证明，政治觉悟能让一批人先富起来。有真正领会"十五大"精神的股民，才意识到 1999 年的大牛市行情就在眼前了。

1999 年上半年，市场处于 7 月 1 日即将实施的《证券法》宣传的高峰期，媒体到处宣讲《证券法》，对于习惯了旧思维模式的股民来说，法规就意味着监管，监管就意味着调整，调整就意味着熊市。

无论媒体对《证券法》如何叫好，股民的心里却是看空一片。股市也为之继续震荡探底，沪深两地日成交量在 70 亿元左右，股指始终在 1000 点附近徘徊。行情发动前，新股发行量仅为 114 亿元，大大低于 1998 年同期水平。

其实"十五大"之后，中国管理者对股市的理念变了。1999 年 4 月 13 日，朱镕基参观美国纽约的纳斯达克交易所，不仅为当天的美国股市开了盘，还在贵宾留言簿上写道：

　　　科技与金融的纽带，运气与成功的摇篮。

　　中国的股市从股份制改革试点到国企解困，总不能老让老百姓掏钱解决国家的问题，也得让老百姓实实在在赚点钱了，否则股市完全成了中国老百姓的"抽血机"，就没有人愿意炒股了，而且这种苗头已经显现。

　　于是，国家安全部派人来上海调研。调研结果被《上海证券报》以内参形式发布。

　　1999 年 5 月 4 日，朱镕基在这份内参上批示。随后，朱镕基又对股市的发展提出八点意见，其中包括要求基金入市，允许国有企业申购新股，降低印花税和允许商业银行为证券公司融资等。

　　总之一句话，如果股市再不让投资者赚钱，恐怕很难再进行融资了。这时管理层要认真考虑一下拿什么来让股民赚钱了。这是一个很棘手的问题。

　　此时，国企多数还在等着解困，而刚刚解困的，效益肯定不行，不能给股民很多回报，要赚钱还得靠差价，要让股市上涨，就得靠题材。

　　重组的题材炒过了，但重组后的效益并非想象的那么好。

网络股板块走强

1999 年 5 月 19 日，《上海证券报》记者刘威在当天的《上海证券报》上刊登了一篇名为《网络股能否成为领头羊——关于中国上市公司进军网络产业的思考（上）》的文章。

文章称，以后是网络的世界，而当时我国网络用户只有 210 万，前景之广阔不言而喻。这就像当年美国人炒保龄球，全世界人民每人每天都打一场保龄球，利润巨大。

全国 13 亿人同时上网，不管有没有能力上网，反正一张巨大的网就是一笔巨大的财富。

"五一九"行情给股民留下的深刻印象就是：以网络股为代表的高科技板块的整体走强。这类个股的走势异常火暴，行情启动当日，封杀涨停的多为网络股和高科技股。

细心者不难发现，行情并非无知无觉的人们所感到的那样突兀和意外，在 5 月 19 日以前的一个星期里，"网络概念股"板块悄然形成并已渐渐启动了。

以厦门信达为代表的网络概念股在一周里的走强，预示着行情的到来。尽管大盘基本上没有改变下挫的命运，可是厦门信达、长安信息、广电股份等网络概念股

不断成长

却在一周内持续飘红，明显地昭示有主力吸筹和拉升的迹象。

但股民认为这只是庄家的生产自救，因为这类个股业绩平平，比如1997年初上市的厦门信达，1998年的每股收益只有0.10元。

当股市的中心从上市公司的往昔和现在转向未来时，高科技股，尤其是高科技中的网络股开始真正展示它们的魅力。

"科教兴国"方针的提出是有其深刻背景的。从国际和国内来说，人类社会的物质生产能力均已过剩，人们将从物质的需要和满足，更多地转向对精神和文化产品的需要。

在这样的大背景下，一个产品只有拥有更多的科技含量才可能占领市场，具有更多的文化和创新的含量，才有可能成为商品。

面对这样的挑战，中国人的素质是否跟得上，中国人是否具有高科技的发明能力，是否有能力把高科技转化为生产力，中国人是否具有创新精神和文化素养，这直接关系到中国能不能在加入WTO之后，在世界市场上进行竞争，直接关系到中国13亿人的就业机会。

正是在这样一个生死攸关的大问题上，政府才提出了"科教兴国"的战略方针，才提出传统教育向素质教育转化的方向。

而网络的诞生与迅猛发展，体现了一个新时代的诞生，一个以电子网络为框架的人类新生存方式即将诞生。如果中国不能在这方面提前适应这个新时代，那么中国赶超世界强国的梦想将化为泡影。

可以毫不夸张地说，科教兴国和电子网络的发展，是中国能不能成为世界强国而不被世界经济一体化淘汰出局的最重要的两步棋，这两步棋下不好，"强国"最终只能是一个梦。

以资产重组为基础，完成国企3年脱困；以重组为高科技公司为导向，从此使国企站上一个新的高度；以高科技中的网络为重点，改变企业的经营和销售模式。这三位一体的新理念，构成了股市新的内在性质，也是1999年"五一九"行情的本质和主流热点。

"重组—科技—网络"使中国上市公司的股价面临全面的重新定位，这一重新定位也将成为上市公司全新的价值取向。

在"五一九"行情前后，一份对"网络概念股"的抽样调查发现，22家公司投入网络产业的资金总额已超过15亿元，其投向大致分为网络设施、网络建设和网络商业应用等三个领域，从网络经济最为发达的美国来看，网络给企业带来的最大商机恰恰就在这三个领域。

在22家上市公司中，大显股份、深桑达、宏图高科、湘计算机4家公司，主要是在网络设备领域进行投资，湘计算机投入得最多，为4840万元。一些颇有眼光的上市公司认清了大方向，已先行"触网"。

不断成长

一些本身需要重组的公司，进行的是高科技与网络方面的重组，受到市场的热烈追捧也就不难理解。如深锦兴通过这一系列的重组动作，成为跻身 IT 产业的小盘高科技成长型公司，并更名为亿安科技。

阿城钢铁剥离了传统钢铁产业的资产，注入了软件销售及网络产业资产，最终改名科利华。

综艺股份投资信息产业，收购中保连邦软件有限公司持有的北京连邦软件有限公司 51% 的股权，并间接持有 8848 网站部分股权等。

由于上述重组实践在市场的良好表现，"壳资源"公司在二级市场上也受到了充分的重视和炒作，深中冠和 ST 深华宝的抢眼表现即属此例。

股市传奇 "杨百万"

1988 年，38 岁的杨怀定辞去上海铁合金厂仓库保管员的公职，怀揣着两万元积蓄作为本钱，利用"时间差"和"地域差"，做起了国债买卖。

由于进出银行的国库券数量巨大，杨怀定引起了人民银行上海分行的注意，银行内部对这种行为颇有争议：如此巨额买卖国库券是否属于个人经营金融业务？要知道，国家有明文规定，个人不得经营金融业务。

同时这种行为是不是属于投机倒把也是争议的焦点。不要说对此银行搞不清，"杨百万"自己心里也不踏实。

他跑到市政府"人民来访"接待室，填写了人民来访的单子，然后向有关领导讨说法。他掏出口袋里的《金融时报》，指着上面当时中国人民银行行长李贵鲜的一段话道："你们行长在报上讲，欢迎公民随时随地买进国库券，随时随地卖出国库券。"

这句话把政府有关人员说得一时语塞，等缓过神来，人家的回答也很巧妙："开放国库券转让，目的是为了提高它的信誉，你说合法不合法？"

杨怀定虽然只有初中文化，但毕竟是优秀工人，他不愿意被人看作投机者，既然国家放开了国库券市场，允许买进卖出，那么他就去上海工商管理部门申请个体户执照。

"职业投资者?"办理执照的还没听说过有这个行当,只好发给他一张"待业证"。

1989年,他又到税务部门去要求纳税,税务部门表扬了他主动报税的做法,但根据当时国家的规定,国库券买卖是免税的,税务部门自然也没法征他的税。

在经历了一番"正名"之后,"杨百万"正正规规地建立起自己的证券投资办公室,以每月200元的工资雇用了自己的员工,由手下人跑全国各地,收集国库券。

"那时候我至少赚了四五百万,在上海滩和全国都出名了。"杨怀定称。

多年之后他才知道,时任央行行长的陈慕华曾说:"'杨百万'这样的人,不是太多了,而是太少了。""杨百万"真后悔自己当初没能放开手脚大干。

由于当时还没有百元面值的钞票,一万元10元面值的钞票重0.6公斤,50万元就是30公斤,带在身边跑长途很不安全,所以"杨百万"就到公安局聘请公安人员当保安,上海的《解放日报》还特别刊登了这条消息。

后来上海证券交易所开业,他又成为上海第一批股民。从炒国债到炒股票,每次进出市场的资金达到上百万元,那时候人们就给了他"杨百万"这个形象的称号。

"杨百万"并不是什么股市神话,杨怀定投身的不是商界,而是证券之海。

他与第一批靠摆摊发家的个体户一样,身上具备敢作敢为、吃苦耐劳的精神。正如他自己所说的："既然下海了，就不怕淹死。"

在别人眼里看到的只是他成功后的"百万"，实际上，"杨百万"的钱与20世纪80年代初的个体户的钱一样，每一分都浸透着汗水，并非一夜暴富，在介入股市之前，他早已拥有了百万资金。

在上海股市刚刚兴起时，他已是证券业的资深投资家了，虽然那时投资的是国库券，但他对中国金融业的熟悉程度是新兴股民无法相比的。

这种熟悉使他对中国的证券业独具慧眼，他不会不知道中国第一张股票飞乐音响的发行，也不会不关注上海股市的发展，正像是从一个小摊位做大了的个体户，在适当的时机会建立自己的公司，"杨百万"也会在一个适当的时机介入股市。

事实证明，他选择的时机是最恰当的。

1989年，"杨百万"在《中国金融》的一篇文章里看到，由于保值利率的提高，有些信用社甚至银行把几十年的赢利都赔了进去，导致了亏损。这则消息使他敏锐地预感到银行利率将下调。

同时，一直以国库券为主战场的他意识到，随着国家对国库券交易信息的强化，各地的差价会越来越小。从表面上看，国库券的收益率为24%，而股票红利最多也不过15%，但做国库券的人越来越多，竞争越来越激烈。

1991 年 1 月 7 日，财政部国债司两位副司长张加伦和高坚走进"联办"的办公室，他们是来商讨国库券的发行方式的。

此时的市场经济已经展开，国家要把国库券的发行方式从行政推销改为承购包销，发行价格根据投票来决定。用市场化手段发行，一方面可以降低发行成本，另一方面政府可以把风险转移给包销商。

找"联办"商量，是给"联办"一个总协调的身份，让它组织 1991 年国库券的承购包销团。

1 月 28 日，财政部给了"联办"这样一个授权，"联办"正式开始了国库券的市场化运作。

香港英文版《南华早报》报道："开明的经济学者希望这次承销试验能够成功，并以此来取代目前高成本低效益的摊派发行体系。新的体系不仅有利于证券市场的健康发展，也有助于消除在旧体系下产生的黑市交易。"

美国的《华尔街日报》对此事也有很高的评价："中国的财政部宣布，1991 年 25% 的国库券将通过一个国内认购的企业联合会，而不是给职工下达购买指令的国家委员会来发行。如果这种认购成功的话，此举将是中国 1989 年之后最为重要的财政改革。"

1991 年国库券实际发行 120 亿元，其中承购包销的只有 38.7 亿元。"联办"组建了由 79 家公司参加的承销团。

1992 年 3 月 31 日，承购包销签字仪式在国务院小礼堂举行，规格看上去提高了，但80家承销团成员只承销了390亿发行总量中的36.35亿。

发行方式改革了，国库券销售却每况愈下。到1993年，国库券发行350亿，其中承购包销只有17.7亿，"金边债券"渐渐褪去了它的金色。

不管怎样，承销使国库券自愿性的色彩增加，行政摊派的成分减少，折价卖出的份额更是少了许多。

另外，在上海和深圳筹建证券交易所时，1990年3月8日，"联办"总干事宫著铭说起了纳斯达克，说起了自动报价系统。他看到了美国的全美证券交易协会有一个自动报价系统，也就是所谓的电子交易。

自1989年以后，其交易量开始超越场内交易。既然上面没有在北京设证券交易所的意向，何不搞个场外的自动报价系统？

于是，"联办"在1990年10月以国家计委、财政部、人民银行和国家体改委的名义，起草了一份筹建自动报价系统的联合通知。

1990年12月5日，自动报价系统在人民大会堂举行开通典礼。中顾委常委张劲夫、财政部副部长项怀诚、国家体改委副主任贺光辉和刘鸿儒、北京市副市长陆宇澄出席了典礼。

这个系统位于北京的崇文门饭店，当日就连通了北京、上海、广州、海口、武汉和沈阳6个城市的17家证券公司。

1991 年，人民银行的报价系统也成立了。此外，申银公司的阙治东早在 1988 年，在全国工商银行系统里也组织起了一个国库券报价中心。

沪深两个交易所相继开业，使得信息公开化了。各地国库券的差价从 10 多个百分点，一下子缩小到 0.2 个百分点。

靠信息的闭塞，扛着麻袋跑差价的"杨百万"们没得玩了，只好黯然"退市"。

但是"杨百万"毕竟不是一般的"倒爷"，对报刊的狂热，使他有别于上海的"打桩模子"。

1990 年，"杨百万"作为中国第一批股民和第一批大户开始涉足股市。

"那时候就 13 只股票，我们几个大户怎么弄股价就怎么走，做小庄。""杨百万"后来回忆说，"现在的庄家的操作手法，自己一看就能清清楚楚，都是当年自己玩过的花样。"

"那个时代，乱世出英雄！""杨百万"感慨，自己成了草根股民，对股市感情依旧，"誓与股市共存亡"。

1990 年 7 月，"杨百万"在国库券兑付前投入 20 万元买入才 91 元的电真空股票。

没几个月，电真空暴涨，他在 800 元左右时抛出。初涉股市大获成功，使他坚定了介入股市的信心。

在上海证券交易所成立的前一天，1990 年 12 月 18 日，他在威海路申银营业部以 200 万巨资委托买进电真空，由于当时每天只有几百万的交易量，所以他的200万巨资不可能全部成交，但上交所成立那天的第一笔交易正是他的电真空，共500股，每股375元，这笔电真空他一直捂到1991年4月才以每股524元抛出。

"杨百万"不属于股市暴发户，他把证券业当作自己从事的事业，他是新中国股市中最早懂得如何炒股的股民。搞事业就得合法，所以他去交税，可是中国税法没有条款规定这种收入要纳税。税务局的人只好对他说："你先干着吧。"

当他出名后，最不能容忍的是别人把他称为"上海第一黄牛"。

作为事业的追求者，他不像那些股市暴发户那样骄奢和挥霍，他说：

> 我的兴趣现在并不主要在赚钱上，我是希望通过自己的行动推动中国资金市场的发展。在这种综合智慧的竞技场上，中国人并不平庸。我现在依然十分俭朴，我有我的精神寄托。

由于把股市当成自己的事业，他时刻关心中国证券业的发展，1992年12月，上海股票从10元面值拆细为1元，但交易所印花税却忘了作相应的调整，仍以10元面值计。

"杨百万"拿到交割单后，直奔交易所，指出错误，立了一大功。

在建立自己的证券投资办公室之前，他在南京路繁华地段的一家咖啡馆曾有一个自己的信息咨询沙龙，所有的开销都由他付账。后来他拥有了自己的办公室，他的投资公司已有十来个工作人员，有人专门负责收集信息，有人分析行情，并从上海第八律师事务所聘请了私人律师。

1993 年以后，"杨百万"开始到各地为散户们讲课，向全国的股民推广经验。

"朱大户" 的投机生涯

"朱大户"名叫朱耀明，1983年他在南京铁路分局南京水电段当电力工。

20世纪80年代，国库券刚刚发行，偏远地区很难完成发行任务，一些银行或单位就不给职工发工资，改发国库券。职工为了吃饭只得廉价抛售，100元的国库券有的80元就卖了；而在上海等大城市，市民对国库券需求量大，收购价则明显高出面值。

于是，朱耀明三天两头乘火车，带着几万元钱到偏远地区低价收购国库券，再高价转手卖到上海，一年交易量就达到几百万元。在当时家庭收入只有几百来块时，他一年就赚到了几十万元。做了五六年国债生意，他至少获利百万元。

随后他开始涉足风险更大、收益也更可观的期货市场，在当时的金中富期货公司，朱耀明的财产一度被骗得一干二净。

后来，几乎倾家荡产的朱耀明联合南京的几家大户，竟然向金中富把被骗的资金追讨了回来。并且在讨要资金的过程中，朱耀明在当地牢固地确立了自己的江湖地位。

朱耀明从期货骗局中劫后余生，开始介入风险相对较小的邮币卡交易，在这里，他迅速完成了启动资金的积累。与此同时，朱耀明看到一个更大的机会正悄然降临，那就是股市中的一级半市场，从这里他嗅到了更为浓烈的金钱的味道。

于是，朱耀明又开始了四处奔波的日子，他到各地收购尚未上市的职工股，并从中获得了丰厚的回报。当年部分职工股只要在手里捂半年，利润就可以达到20倍。

到了20世纪90年代初，朱耀明已完成从混迹于街头巷尾的投机分子到"朱大户"的实质性蜕变。

在当时他就能动用上千万资金，收购原始股或在一级市场打新股。了解他的人说，朱耀明在圈内颇有富名，并且出手大方。他拥有一辆价值数百万的加长宝马，另外还有4辆奔驰600型。他开户的证券营业部搞集体活动，也经常是由他出面埋单。

朱耀明处事低调，之前他的名字从未上过媒体。对手下他也提出同样的要求，任何人不准接受媒体采访，一旦发现，立即开除。

他还有一个癖好，就是一个人开车到南京周边的苏州、宁波、杭州等地到处闲逛，他常常走进某个营业部的散户厅，去找一些不认识的散户聊天，还会去参加营业部举行的行情分析讲座。

在朋友的印象中，朱耀明非常讲信誉，借钱从来都是按时还款，不用对方催，连本带利，绝不拖欠。

正是这一特点，使朱耀明赢得了朋友和券商的信任，也为他开启了更多的融资渠道。不少券商愿意超出常规比例向他配资金，像几千万的"小数目"，甚至根本不用任何抵押。

1996 年 10 月 31 日，湖北中天股份有限公司在深交所挂牌上市，也就在此时，朱耀明开始进入湖北中天建仓坐庄。

从 1998 年末，朱耀明就在精心筹划坐庄事宜，炒百科药业、凯诺科技、爱使股份和南方建材 4 只股票。

朱耀明先后在行业内找到了几位能跟自己出生入死的"干将"，他们有的负责策划、有的负责操盘、有的负责协调。

由于当时证券公司向股民融资，处于政策"灰色地带"。如果从证券公司融得一笔亿元资金，只用一家单位融资很容易被证监局日常监管所察觉。

于是，朱耀明在江苏、湖北等省分别注册了 16 家投资咨询公司，这些投资公司均由"干将"出面负责，把从证券公司、银行融来的 20 多亿资金分散汇往这些公司的账户里，再进行下一步运作。

此外，朱耀明派人到安徽等偏远农村，以每张 10 元到 50 元不等的价格，从年纪较大的农民那里收购身份证。带着收购来的身份证，朱耀明到各大营业部去开户。

证券公司向朱提供了一种交易软件，即大户下一次单，就可向成千上万个账户同时发出买入指令，即便买入 100 万股票，由于分散在多个小账户中，也不会出现在十大流通股东表中引人注目，这能直接保护幕后操盘手。证监会面对几千个子账户，也会变得毫无头绪，很难查找背后真正操盘者。

在洗盘期间，他通常动用若干个小账户大量挂出卖单，让跟庄者感到主力在出货。

让这些跟庄者没有料到的是，"朱大户"同时用其他小账户在不停地填买单，不仅吃掉自己账户抛出的股票，还接走了那些不坚定的投资者筹码。最后，进入到快速拉升期。

像对百科药业这只股票，"朱大户"的建仓活动是在 1999 年进行的，通过几千个小账户，少量多次大量建仓买入，仅仅两个月时间，就从 9 元多的价格拉到了 25 元，股价翻了两倍多。

而后，通过洗盘，再次大规模收集筹码，股票在除权后，又从 12 元涨到了 24 元。

真正让朱耀明变身亿万富翁的，是他抓住了"打新股"、做一级半市场的机会。这个市场还是很稳定的，只要能中签就能稳赚不赔。一旦有新股发行的消息，他就背着钱袋到处收集认购证，如春兰股份、王府井。

为了能提高中签率，他向证券公司以每日借万分之六的日息打新股。此外，他看到很多人中签后，为了及时回笼资金，便和别人商量一个稍微便宜的价格转让认购证，而他就抓住机会，大量收购，一开盘涨高了就卖掉。

随着他资金越做越大，各大证券都知道他的名字，愿意和他相识，并提供优厚的融资条件。据说，在1997年，他的"身家"就达到了两亿元。

由于朱耀明的名气越来越大，很多机构便找到了他，他在1998年还当起了机构操盘中介人。

一个股票被一个机构拉到高位，有时为了解决资金问题，往往会找一个机构暂时接盘锁仓，朱耀明就担任中介，帮机构找资金，找对家。

他曾帮助中科创业庄家找下家，从中获得百万元的中介费。后来，他从这个业务中，逐渐熟悉了坐庄的模式，感觉用资金优势控制一家公司股价可获得暴利。于是就有了后来的坐庄股市。

"朱大户"巨大的投机生涯，反映了中国股市经过一段时期的发展已经颇具规模了。

本书主要参考资料

《中国股市：轮回中的涅槃》 何诚颖等著 中国财政
　　经济出版社

《看懂股市新闻》 袁克成著 北京机械工业出版社

《我的提款机：中国股市》 周佛郎 沉辛著 地震出
　　版社

《大熊市：我们如何取暖》 李文勇 吴行达编著 经济
　　管理出版社

《第一要务：战胜股市风险》 海天编著 中国科学技
　　术出版社

《中国股市异象研究：基于行为金融视角》 孔东民著
　　华中科技大学出版社

《基于分形分析的我国股市波动性研究》 曹广喜著
　　经济科学出版社